JOHN GRISHAM

Américain, John Grisham est né en 1955 dans l'Arkansas. Il exerce pendant dix ans la profession d'avocat, tout en écrivant des romans à ses heures perdues. Il publie en 1989 son premier roman, *Non coupable*, mais c'est en 1991, avec *La firme*, qu'il rencontre le succès. Depuis, *L'affaire Pélican* (1992), *Le couloir de la mort* (1994), *L'idéaliste* (1995), *Le maître du jeu* (1996) et *L'associé* (1999) ont contribué à en faire la figure de proue du « legal thriller ». Mettant à profit son expérience du barreau, il nous dévoile les rouages du monde judiciaire, et aborde par ce biais les problèmes de fond de la société américaine. Aux États-Unis, où il représente un véritable phénomène éditorial, la vente de ses livres se compte en millions d'exemplaires et ses droits d'adaptation font l'objet d'enchères faramineuses auprès des producteurs de cinéma (*La firme*, *L'affaire Pélican*). Son dernier ouvrage, *L'accusé*, dont les droits d'adaptation cinématographique ont été optionnés par George Clooney, est paru en 2007 aux éditions Robert Laffont.

Marié, père de deux enfants, John Grisham est l'un des auteurs les plus lus dans le monde.

LE DERNIER MATCH

DU MÊME AUTEUR
CHEZ POCKET

Non coupable
La firme
L'affaire Pélican
Le client
Le couloir de la mort
L'idéaliste
Le maître du jeu
L'associé
La loi du plus faible
Le testament
L'engrenage
La dernière récolte
L'héritage
La transaction
Le dernier juré

Pas de Noël cette année

JOHN GRISHAM

LE DERNIER MATCH

*Traduit de l'américain
par Patrick Berthon*

ROBERT LAFFONT

Titre original :
BLEACHERS

Le Code de la propriété intellectuelle n'autorisant, aux termes de l'article L. 122-5, (2° et 3° a), d'une part, que les « copies ou reproductions strictement réservées à l'usage privé du copiste et non destinées à une utilisation collective » et, d'autre part, que les analyses et les courtes citations dans un but d'exemple et d'illustration, « toute représentation ou reproduction intégrale ou partielle faite sans le consentement de l'auteur ou de ses ayants droit ou ayants cause est illicite » (art. L. 122-4).
Cette représentation ou reproduction, par quelque procédé que ce soit, constituerait donc une contrefaçon sanctionnée par les articles L. 335-2 et suivants du Code de la propriété intellectuelle.

© Belfry Holdings, Inc., 2003
© Traduction française : Éditions Robert Laffont, S.A., Paris, 2006
ISBN : 978-2-266-17277-6

*Pour Ty et pour tous les gamins qu'il a entraînés au football,
en souvenir de deux titres de champion*

Mardi

La route conduisant au stade Eddie Rake longeait le lycée, l'ancienne salle de la fanfare et les courts de tennis, puis elle passait sous la voûte que formaient deux rangées d'érables rouges et jaunes offerts par le club des supporters. Elle franchissait ensuite une petite élévation de terrain avant de redescendre vers un espace asphalté assez vaste pour accueillir un millier de voitures et se terminait devant l'immense grille en fer forgé aux piliers de brique, qui marquait l'entrée du stade. De part et d'autre, une clôture entourait le sanctuaire. Le vendredi soir, toute la ville de Messina attendait l'ouverture de la grille pour se précipiter dans les tribunes, trouver une place et s'adonner au rituel d'avant-match. Le vaste parking débordait bien avant l'heure du coup d'envoi, rejetant les véhicules sur les petites routes avoisinantes, les chemins et les zones de stationnement éloignées, derrière la cafétéria du lycée et le terrain de base-ball.

Les supporters de l'équipe adverse passaient un mauvais moment à Messina, les joueurs de l'équipe adverse plus encore.

Au volant de sa voiture, Neely Crenshaw roulait lentement, car il n'était pas venu depuis de nombreuses années mais aussi parce qu'à la vue des lumières du stade, les souvenirs, comme il s'y attendait, avaient afflué avec force. Il s'engagea sous les frondaisons éclatantes des érables en habit d'automne. Les troncs ne faisaient que trente centimètres de diamètre à l'époque où Neely était au sommet de sa gloire ; à présent, les branches se touchaient et les feuilles tombées tapissaient le revêtement de la route.

En cette fin d'après-midi d'octobre, un léger vent du nord rafraîchissait l'atmosphère.

Neely se gara près de la grille et contempla le terrain. Ses mouvements étaient comme ralentis par le poids des souvenirs – les sons et les images du passé. À l'époque où il jouait, le stade n'avait pas de nom. On disait simplement : le stade. « Les gars étaient au stade de bonne heure, ce matin », entendait-on dans les cafés du centre. « À quelle heure devons-nous mettre le stade en ordre ? » demandait-on au Rotary Club. « Rake a dit qu'il faudrait de nouveaux gradins, au stade, dans la tribune des visiteurs », affirmait-on à la réunion du club des supporters. « Hier soir, Rake les a emmenés tard au stade », murmurait-on dans les bars à bière, au nord de la ville.

Aucune parcelle de terrain à Messina n'était révérée de la sorte. Pas même le cimetière.

Après le départ de Rake, on avait donné son nom au stade. À cette date, Neely avait quitté Messina depuis longtemps, sans intention de revenir.

Il n'aurait su expliquer pourquoi il avait fait le voyage mais il avait toujours su, au plus profond de lui-même, que ce jour viendrait. Rake finirait par mourir. Ses obsèques réuniraient autour du cercueil des centaines d'anciens joueurs en maillot vert des Spartiates venus rendre un dernier hommage à l'homme légendaire qui leur avait inspiré autant de haine que d'amour. Mais il s'était promis – et il avait tenu parole – de ne jamais revenir au stade du vivant de Rake.

Au loin, derrière les tribunes des visiteurs, se trouvaient les deux stades d'entraînement, dont l'un était équipé de projecteurs. Aucun autre lycée de l'État ne pouvait se prévaloir de telles installations mais aucune autre ville n'avait pour son équipe de football une dévotion aussi absolue que Messina. Neely entendit le coup de sifflet d'un entraîneur et perçut les bruits sourds des corps qui s'entrechoquaient : l'équipe des Spartiates se préparait pour le match du vendredi soir. Il franchit la grille et traversa la piste peinte, comme il se devait, en vert foncé.

La pelouse de l'en-but était tondue aussi ras qu'un green de golf mais quelques brins d'herbe dépassaient le long d'un poteau de but. Il y avait aussi une ou deux touffes dans un angle. En regardant de plus près, Neely découvrit encore une bande mal tondue en bordure de la piste. À l'époque glorieuse, les volontaires armés de ciseaux de jardinier se rassemblaient par dizaines le jeudi après-midi pour éliminer les brins d'herbe récalcitrants.

Cette époque avait pris fin avec le départ de Rake. À Messina, le football était alors devenu une affaire de mortels ; la ville avait perdu sa superbe.

L'entraîneur avait un jour apostrophé un monsieur bien mis qui avait commis le péché de faire quelques pas sur l'herbe sacrée. Le monsieur avait reculé pour suivre la ligne de touche ; quand il s'était approché, Rake avait reconnu le maire de Messina. Le premier magistrat de la ville avait mal pris la chose. Rake n'en avait cure : personne ne marchait sur sa pelouse. Le maire avait eu la malheureuse idée de lancer une campagne pour débarquer le coach : aux élections municipales suivantes, il avait pris une déculottée.

Rake possédait à cette époque plus de poids politique à Messina que tous les politiciens réunis mais il s'en contrefichait.

Neely s'avança lentement le long de la ligne de touche. En arrivant à la hauteur des tribunes, il s'arrêta net et prit une longue inspiration : il retrouvait le trac d'avant-match. La clameur fervente de la foule remontait à sa mémoire, le grondement du public entassé là-haut, dans les gradins, autour de la fanfare interprétant inlassablement le chant de guerre des Spartiates. Au bord de la ligne de touche, juste devant lui, Neely revoyait le numéro 19 en train de s'échauffer nerveusement sous les yeux de cette foule qui l'adulait. Le numéro 19 était un all-American du football scolaire, un quarterback très convoité – rapide et puissant, doté d'un bras magique –, peut-être le meilleur de tous les temps, dans les équipes de Messina.

Le numéro 19 s'appelait Neely Crenshaw. C'était dans une autre vie.

Il fit encore quelques pas, s'arrêta à la ligne des cinquante yards, là où, de la touche, Rake avait dirigé des centaines de matches. Son regard se porta de nouveau sur les gradins vides où, à la grande époque, dix mille spectateurs se rassemblaient le vendredi soir pour hurler leurs encouragements à l'équipe de football de leur lycée.

La foule était aujourd'hui moitié moins nombreuse, d'après ce qu'on lui avait dit.

Quinze ans s'étaient écoulés depuis que les exploits du numéro 19 enflammaient les spectateurs. Quinze ans que Neely n'avait pas foulé la pelouse sacrée. Combien de fois s'était-il promis de ne jamais faire ce qu'il faisait ? Combien de fois s'était-il juré de ne jamais revenir ?

Des coups de sifflet et des cris provenant d'un terrain d'entraînement arrivaient à ses oreilles mais c'est à peine s'il les entendait. Il avait dans la tête les percussions de la fanfare, la voix râpeuse, inoubliable de Bo Michael au micro et le bruit assourdissant des gradins que les spectateurs martelaient en cadence.

Et Rake qui aboyait ses ordres sans perdre son sang-froid, ou si peu. Et les cheerleaders en jupette, les jambes hâlées et bien galbées, qui bondissaient de-ci de-là. À l'époque de sa gloire, Neely n'avait que l'embarras du choix.

Ses parents s'asseyaient toujours à la hauteur de la ligne des quarante yards, huit rangs au-dessous de la cabine de presse. Avant le coup d'envoi de chaque rencontre, il faisait un signe de la main à sa mère ; elle passait le match à prier, persuadée qu'il allait se rompre le cou.

Les recruteurs des universités avaient un coupe-file qui leur donnait accès à un rang de sièges à dossier, sur la ligne des cinquante, les meilleures places. Le jour de la finale de la coupe Garnet Central, on avait compté trente-huit découvreurs de talents, venus suivre la prestation du numéro 19. Plus d'une centaine d'établissements d'enseignement supérieur avaient écrit ; son père avait conservé les lettres. Trente et un d'entre eux offraient à Neely une bourse d'études. Quand il avait signé à Tech, il avait eu droit à une conférence de presse et aux gros titres des journaux.

Dix mille places dans les tribunes pour une ville dont la population ne dépassait pas huit mille habitants ! Les spectateurs affluaient de tout le comté, de la cambrousse où il n'y avait rien d'autre à faire le vendredi soir. Ils touchaient leur paie, ils achetaient de la bière et ils allaient en ville, au stade. Entassés dans la tribune nord, ils réussissaient à faire plus de bruit que les lycéens, la fanfare et les habitants de Messina réunis.

Quand Neely était enfant, son père le tenait à l'écart de la tribune nord : les « gars de la campagne » buvaient, faisaient le coup de poing et injuriaient copieusement les arbitres. Quelques années plus tard, le numéro 19 se délectait du raffut de la tribune nord qui lui vouait une véritable adoration.

Devant les gradins silencieux, il suivit lentement la ligne de touche, les mains dans les poches, héros oublié dont l'étoile avait si brusquement pâli. Neely avait été le quarterback – le stratège – de l'équipe de Messina pendant trois saisons. Il avait marqué plus de cent essais et n'avait jamais perdu sur ce terrain. Malgré tous ses efforts pour les empêcher de remonter à sa mémoire, les souvenirs des rencontres victorieuses surgissaient. Il se répétait en vain qu'il avait tourné la page. Depuis longtemps.

Du côté sud du terrain, le club des supporters avait élevé dans l'en-but un gigantesque tableau d'affichage. De part et d'autre, sur deux grands panneaux blancs, s'inscrivait en grosses lettres vertes l'histoire de l'équipe de Messina. L'histoire de la ville. Une équipe invaincue deux saisons de suite, en 1960 et 61, quand Rake n'avait pas encore trente ans. En 1964, la Série avait commencé : pas une seule défaite jusqu'à la fin de la décennie et même au début de la suivante. En 1970, un mois après la naissance de Neely, South Wayne l'avait emporté en finale du championnat de l'État, mettant ainsi fin à l'invincibilité de Messina. Quatre-vingt-quatre victoires d'affilée, un record national à l'époque. À trente-neuf ans, Eddie Rake entrait dans la légende.

Le père de Neely lui avait parlé de la tristesse indicible qui avait submergé la ville après cette défaite. Comme si quatre-vingt-quatre victoires ne suffisaient pas. L'hiver fut morose mais Messina supporta stoïquement cette épreuve. La saison suivante, l'équipe de Rake remporta treize victoires sans encaisser une défaite, avant d'écraser South Wayne en finale du championnat. De nouveaux titres suivirent en 1974, 75 et 79.

Puis vinrent les années de disette, de 1980 à 1987. L'équipe restait invaincue au long de la saison, remportant haut la main sa poule et les rencontres de la phase finale, mais s'inclinait chaque fois dans le match pour le titre. Ce fut le temps de la grogne. On manifestait son mécontentement dans les cafés de Messina ; les vieux supporters avaient la nostalgie de la Série historique. Quand un lycée de Californie remporta quatre-vingt-dix victoires d'affilée, toute la ville le ressentit comme un affront.

Sur la gauche du tableau d'affichage, en lettres blanches sur un fond vert, un hommage était rendu aux plus grands héros de Messina, ceux dont les numéros de maillot avaient été retirés, en guise d'hommage. Ils étaient au nombre de sept ; le numéro 19 de Neely était le dernier. Juste avant lui, il y avait le 56, le numéro de Jesse Trapp, un arrière qui avait joué quelque temps dans l'équipe de l'université de Miami avant d'être envoyé en prison. En 1974, Rake avait retiré le 81 de Roman Armstead, le seul Spartiate à avoir joué dans une équipe professionnelle de la NFL.

Derrière l'en-but sud se trouvait un bâtiment qui aurait fait l'envie de n'importe quelle petite université. Il comprenait une salle de musculation, des vestiaires et des douches pour les visiteurs. Ce bâtiment aussi avait été construit par le club des supporters au terme d'une intense campagne de souscription qui avait duré tout un hiver. Tout le monde avait participé. On ne regardait pas à la dépense quand il s'agissait des Spartiates. Rake voulait une salle de musculation, des vestiaires, des bureaux pour les entraîneurs ; les supporters en avaient presque oublié Noël.

Il y avait quelque chose de nouveau, du moins que Neely n'avait jamais vu. Derrière le portillon donnant accès aux vestiaires, s'élevait un monument constitué d'un buste en bronze monté sur un socle de brique. Neely s'avança pour regarder de plus près. C'était Rake, plus grand que nature, le front plissé, l'air renfrogné qui lui était habituel et un vague sourire sur les lèvres. Il était coiffé de la casquette des Spartiates qu'il n'avait pas quittée pendant des décennies. Un buste en bronze d'Eddie Rake à cinquante ans, pas du vieillard de soixante-dix qu'il était devenu. Une plaque fixée sur le socle énumérait les hauts faits que tout le monde ou presque à Messina était capable de réciter par cœur. Trente-quatre ans à la tête des Spartiates, quatre cent dix-huit victoires, soixante-deux défaites, treize titres de champions de l'État. Une série de quatre-vingt-quatre victoires d'affilée, de 1964 à 1970.

C'était un autel ; Neely imaginait les Spartiates s'inclinant au passage, le vendredi soir, sur le chemin du stade.

Le vent fit tourbillonner quelques feuilles devant Neely. L'entraînement était terminé; les joueurs crottés, en sueur, se dirigeaient d'un pas lourd vers les vestiaires. Neely ne voulait pas qu'on le voie : il s'éloigna en marchant sur la piste, poussa un autre portillon et gravit trente degrés des tribunes. De là, la vue s'étendait à l'est, vers la vallée. Au loin, des clochers s'élevaient au-dessus du feuillage rouge et or des érables. La flèche de gauche signalait l'église méthodiste. Juste derrière, invisible des tribunes, se trouvait la jolie maison sur deux niveaux offerte par la municipalité à Eddie Rake, à l'occasion de son cinquantième anniversaire.

Dans cette maison, miss Lila, ses trois filles et le reste de la famille attendaient qu'Eddie rende le dernier soupir. La maison devait aussi être pleine d'amis, les tables chargées de plateaux de nourriture et de bouquets de fleurs.

Y avait-il d'anciens joueurs? Sans doute pas, songea Neely.

Une voiture s'arrêta sur le parking. L'homme qui en descendit, en chemise et cravate, suivit la piste d'un pas nonchalant, prenant soin, lui aussi, de ne pas marcher sur la pelouse. Il aperçut Neely et monta le rejoindre.

— Depuis combien de temps es-tu là? demanda-t-il en lui serrant vigoureusement la main.

— Pas longtemps, répondit Neely. Il est mort?

— Pas encore.

Pendant les trois saisons où ils avaient joué ensemble, Paul Curry avait reçu quarante-sept des soixante-trois passes de Neely conclues par un touchdown. Passe de Crenshaw pour Curry, un schéma de jeu sans cesse répété, qui laissait la défense adverse impuissante. Ils avaient partagé le capitanat de l'équipe. Après avoir été très proches, ils s'étaient progressivement éloignés l'un de l'autre mais se parlaient encore au téléphone, trois ou quatre fois par an. La voie de Paul était tracée dès sa naissance : son grand-père était le fondateur de la première banque de Messina. Paul avait épousé une jeune fille de bonne famille et choisi Neely comme témoin. Depuis le mariage, Neely n'était jamais revenu à Messina.

— Comment va ta famille ? demanda-t-il.

— Bien. Mona est enceinte.

— Bien sûr ! À combien en êtes-vous ? Cinq ou six ?

— Seulement quatre.

Neely secoua lentement la tête. Assis à un mètre l'un de l'autre, ils gardaient le regard fixé au loin, l'air préoccupé. Il y avait du remue-ménage du côté des vestiaires ; les voitures et les pick-up s'éloignaient un à un.

— Et l'équipe ? reprit Neely.

— Pas mauvaise. Quatre victoires, deux défaites. L'entraîneur est un jeune gars du Missouri. Sympathique. Il n'y a pas de grands joueurs.

— Du Missouri ?

— Oui. Personne à mille kilomètres à la ronde ne voulait le poste.

— Tu as pris du poids, glissa Neely en coulant un regard vers Paul.

— Je suis banquier et membre du Rotary mais je te battrais encore sur cinquante mètres...

Paul laissa sa phrase en suspens, soudain confus : le genou gauche de Neely était deux fois plus gros que le droit.

— Je n'en doute pas, fit Neely en souriant pour montrer qu'il ne lui en voulait pas.

Ils regardèrent les dernières voitures démarrer avec force crissements de pneus. Une tradition des Spartiates qui ne s'était pas perdue.

— Cela t'arrive de venir au stade quand il n'y a personne? reprit Neely quand le silence fut revenu.

— Cela m'arrivait.

— Et de faire le tour du terrain en te remémorant le bon vieux temps?

— Je l'ai fait un moment et puis j'ai arrêté. Tout le monde passe par là.

— C'est la première fois que je reviens au stade depuis qu'on a retiré mon numéro.

— Et tu y penses toujours. Tu te revois à la grande époque, tu rêves encore, tu es encore la vedette.

— J'aimerais ne jamais avoir touché un ballon.

— Comme si on avait le choix à Messina! Rake nous avait déjà mis un maillot sur le dos à douze ans. Quatre équipes : rouge, bleue, jaune et noire, tu t'en souviens? Pas de vert; tous les gamins auraient choisi cette couleur – celle du maillot des Spartiates. On jouait le mardi soir et on attirait plus de monde que bien des équipes de lycée. On apprenait les combinaisons que Rake mettait en œuvre le vendredi soir. On avait le même système de jeu. On rêvait de devenir un Spartiate, de jouer devant dix mille spectateurs fanatisés. Quand on a eu quinze ans, nos entraînements ont été dirigés par Rake en personne. On connaissait ses quarante schémas tactiques ; on en rêvait la nuit.

— Je me les rappelle encore, glissa Neely.

— Moi aussi. Tu te souviens du jour où il nous a fait répéter pendant deux heures la même combinaison ?

— Parce que tu faisais tout foirer !

— Et puis il nous a fait escalader les gradins jusqu'à ce qu'on rende tripes et boyaux.

— Du Rake tout craché.

— On compte les années en attendant d'entrer dans l'équipe première, poursuivit Paul, puis on devient un héros, une idole, un connard prétentieux à qui tout est permis dans cette ville. On gagne, on gagne, on est le roi d'un petit univers et, du jour au lendemain, plus rien. On joue son dernier match et tout le monde est en larmes. On ne peut pas croire que ce soit fini. La saison suivante, une nouvelle équipe arrive et on est jeté aux oubliettes.

— C'est si loin, tout ça.

— Quinze ans, mon vieux. Quand j'étais étudiant, je revenais pour les vacances scolaires mais je ne mettais pas les pieds au stade. Je ne voulais même pas passer près du lycée. Je n'ai jamais vu Rake ni cherché à le voir. Un soir d'été, juste avant de reprendre le chemin de la fac, un mois avant que Rake se fasse virer, j'ai acheté un pack de bières et je suis venu m'installer dans les tribunes. Je suis resté plusieurs heures. J'ai refait tous nos matches : je nous revoyais réussir tout ce qu'on tentait, faire exploser l'équipe adverse. Un moment merveilleux. Et puis ça m'a fait très mal : ces jours de gloire étaient révolus.

— As-tu détesté Rake, ce soir-là ?

— Au contraire. J'ai éprouvé beaucoup d'affection pour lui.

— C'était l'un ou l'autre ; cela changeait tous les jours.

— Nous sommes tous passés par là.

— Et, aujourd'hui, ça fait toujours mal ?

— Plus maintenant. Quand je me suis marié, nous avons pris un abonnement et nous nous sommes inscrits au club des supporters. Comme tout le monde. Au fil des ans, j'ai oublié que j'avais été un héros : je suis devenu un supporter parmi d'autres.

— Tu assistes à tous les matches ?

— Absolument, répondit Paul. La banque possède une rangée de sièges, ajouta-t-il en tendant le bras vers sa gauche.

— Il te faut une rangée de sièges, si tu viens en famille.

— Mona est très féconde.

— Je n'en doute pas. Comment est-elle, physiquement ?

— Comme une femme enceinte.

— Je voulais dire, euh... est-elle en forme ?

— Autrement dit, est-elle grosse ?

— C'est ça.
— Elle fait deux heures d'exercice par jour et ne mange que de la salade. Elle est superbe et va vouloir t'inviter à dîner.
— Pour partager sa salade ?
— Pour manger ce que tu voudras. Veux-tu que je l'appelle maintenant ?
— Non, attends un peu. Continuons à parler.

Ils n'échangèrent pas un mot pendant un long moment, le regard fixé sur un pick-up qui venait de s'arrêter près de la grille. Costaud et barbu, le conducteur portait un jean délavé et une casquette de toile ; il marchait en traînant la patte. Il fit le tour de l'en-but et longea la piste. Alors qu'il gravissait l'escalier des tribunes, il aperçut Neely et Paul, assis en haut, qui le suivaient des yeux. Il les salua d'un signe de tête, monta une volée de marches et prit place sur un siège. Il demeura assis, immobile, seul, le regard fixé droit devant lui.

Paul réussit enfin à mettre un nom sur ce visage.
— Orley Short, annonça-t-il. Il jouait à la fin des années 70.
— Je me souviens de lui, glissa Neely. Le joueur de ligne le plus lent de l'histoire des Spartiates.
— Et le plus vicieux. Il a joué une saison dans une équipe universitaire et il a arrêté ; depuis, il abat des arbres.
— Rake aimait avoir des bûcherons dans son équipe.
— Il n'était pas le seul. Quatre bûcherons en défense et le titre de la poule était dans la poche.

Un autre pick-up s'arrêta près du premier, un autre costaud en salopette se dirigea pesamment vers les tribunes. Il salua Orley Short de loin et monta s'asseoir à côté de lui ; leur rencontre semblait fortuite.

— Sa tête me dit quelque chose, fit Paul, agacé de ne pouvoir retrouver le nom du nouvel arrivant.

En trente-cinq ans de carrière, Rake avait entraîné des centaines de jeunes gens du comté. La plupart n'avaient jamais quitté la ville. Les joueurs de Rake se connaissaient ; ils formaient une sorte de confrérie très fermée.

— Tu devrais revenir plus souvent, déclara Paul après un nouveau silence.

— Pourquoi ?

— Les gens d'ici aimeraient te revoir.

— Je n'ai peut-être pas envie de les voir.

— Pourquoi ?

— Je ne sais pas.

— Tu crois qu'on t'en veut encore de ne pas avoir reçu le trophée Heisman ?

— Non.

— On ne t'a pas oublié mais tu appartiens au passé. Tu étais leur héros mais cela remonte à bien longtemps. Si tu vas chez Renfrow, tu verras que Maggie a toujours ta grande photo au-dessus de sa caisse. Quand je vais y prendre le petit déjeuner, tous les jeudis, je suis sûr de surprendre une discussion entre deux anciens sur les mérites comparés des deux plus grands quarterbacks de Messina. Wally Webb et Neely Crenshaw. Lequel était le meilleur ? Webb a joué quatre ans : quarante-six victoires d'affilée, pas une défaite. Crenshaw a joué contre des Noirs ; le jeu était plus rapide, plus physique. Crenshaw a signé avec Tech mais Webb était trop petit pour entrer dans une équipe universitaire. La discussion n'a pas de fin. Ils te portent toujours dans leur cœur, Neely.

— Merci. Je préfère m'en passer.
— Comme tu voudras.
— C'était dans une autre vie, Paul.
— Profite donc des bons souvenirs !
— Je ne peux pas. Rake est toujours présent.
— Pourquoi es-tu venu ?
— Je ne sais pas.

Un portable sonna dans une poche de l'élégant complet de Paul. Il prit l'appareil.

— Curry, fit-il laconiquement. Je suis au stade avec Crenshaw, ajouta-t-il après un silence.

Un nouveau silence.

— Oui, il est là, reprit Paul. Je le jure. D'accord.

Il coupa la communication, fourra l'appareil dans sa poche.

— C'était Silo. Je lui avais dit que tu viendrais peut-être.

Quand il entendit le nom de Silo, Neely secoua la tête en souriant.

— Je ne l'ai pas revu depuis le bac.
— Tu as oublié qu'il ne l'a pas passé ?
— C'est vrai !
— Des ennuis avec la police ; détention de stupéfiants. Son père l'a fichu à la porte un mois avant l'examen.

— Oui, ça me revient.

— Il a vécu quelques semaines chez Rake, dans le sous-sol, et puis il s'est engagé.

— Et maintenant, qu'est-ce qu'il fait ?

— Disons qu'il a une vie assez mouvementée. Après avoir été exclu de l'armée pour mauvaise conduite, il a bourlingué quelques années sur les plates-formes de forage, puis il en a eu marre. De retour à Messina, il a revendu de la came jusqu'au jour où on a tiré sur lui.

— J'imagine que le tireur a manqué son coup.

— Il s'en est fallu d'un cheveu. Après cet épisode, Silo a essayé de mener une vie honnête. Je lui ai prêté cinq mille dollars pour acheter le magasin de chaussures du vieux Franklin et se mettre à son compte. Il a baissé le prix des chaussures et doublé le salaire des employés ; au bout d'un an, il a déposé son bilan. Après, il a vendu des concessions au cimetière, puis des voitures d'occasion et des mobile homes. Je l'ai perdu de vue quelque temps. Un jour, il est venu me voir à la banque et a remboursé tout ce qu'il devait, en espèces. Il a dit qu'il avait trouvé le filon.

— À Messina ?

— Oui. Il a réussi, je ne sais comment, à s'approprier l'entrepôt du vieux Joslin, le ferrailleur, tu sais, au nord de la ville. Il l'a remis en état et a ouvert en façade un atelier de carrosserie qui marche bien. Derrière, il y a un autre atelier qui ne voit passer que des pick-up volés. Une mine d'or.

— Ce n'est pas lui qui te l'a dit ?

— Non, il n'a pas parlé de l'atelier clandestin. Mais je m'occupe de ses comptes et il n'est pas facile de garder un secret par ici. Il est en cheville avec un réseau des Carolines qui lui expédie des pick-up. Il les désosse et échange les pièces. Tout est payé en liquide et il y a gros à gagner.

— Et la police? demanda Neely.

— Ceux qui travaillent avec Silo sont très prudents. Mais je m'attends à voir débarquer un de ces jours des agents du FBI avec une citation à comparaître.

— Je le reconnais bien là.

— Il est dans un état pitoyable. Il boit comme un trou, se tape des tas de filles et jette son argent par les fenêtres. Il fait dix ans de plus que son âge.

— Rien d'étonnant à cela. Il aime toujours la castagne?

— Plus que jamais. Fais attention à ce que tu diras en parlant de Rake. Personne ne l'aime autant que Silo; il serait capable de te sauter dessus.

— Ne t'inquiète pas.

Au poste de centre pour l'équipe offensive et de garde pour l'équipe défensive, Silo Mooney occupait toujours le milieu du terrain. Il mesurait un plus peu d'un mètre quatre-vingts et son physique évoquait... un silo. Poitrine, taille, cuisse et bras, tout chez lui était massif. Il avait joué trois saisons avec Neely et Paul mais, contrairement aux deux autres, il commettait environ trois fautes par match. Un jour, il en avait eu quatre, une dans chaque période. Il s'était fait exclure deux fois pour avoir balancé un coup de pied dans l'entrejambe d'un adversaire. Il ne pensait qu'à faire couler le sang du pauvre garçon qui lui faisait face.

— Ça y est, j'ai fait saigner ce petit enfoiré, grognait-il à l'adresse de ses équipiers, en général peu avant la mi-temps. Sûr qu'il ne finira pas le match.

— Vas-y, achève-le, lançait Neely pour l'encourager à aller encore plus loin.

Un défenseur en moins lui faciliterait la tâche.

Aucun joueur de Messina n'avait jamais été insulté par Rake avec autant de constance et de virulence que Silo Mooney. Aucun ne l'avait autant mérité. Aucun n'avait eu autant besoin d'être rudoyé.

À l'extrémité nord des gradins, territoire des gars de la campagne, un homme d'un certain âge venait de s'asseoir. Il s'était mis au dernier rang, trop loin pour qu'on le reconnaisse ; il tenait visiblement à être seul. Le regard lui aussi fixé sur le terrain, il ne tarda pas à s'absorber dans ses souvenirs.

Le premier joggeur apparut au bout de la piste. C'était l'heure où ceux qui avaient envie de courir ou de marcher arrivaient au stade pour faire quelques tours. Rake n'avait jamais autorisé cette pratique mais, après son départ, une pétition avait circulé pour demander l'ouverture de la piste à ceux qui avaient payé sa construction. Un membre de l'équipe d'entretien restait pour s'assurer que personne ne posait le pied sur la pelouse. Comme si cela avait pu venir à l'esprit !

— Que devient Floyd ? demanda Neely.

— Il est toujours à Nashville. Il gratte sa guitare et écrit de la mauvaise musique ; il court après ses rêves.

— Et Ontario ?

— Il travaille à la poste de Messina. Il a eu trois enfants avec Takita. Elle est institutrice et aussi adorable que jamais. Ils vont à l'église cinq fois par semaine.

— Il est toujours aussi souriant?
— Toujours.
— Et Denny?
— Il est encore là. Il enseigne la chimie dans ce bâtiment, là-bas. Pour rien au monde il ne raterait un match.
— Tu as fait de la chimie?
— Non.
— Moi non plus. J'ai eu des super notes sans ouvrir un livre.
— Tu n'en avais pas besoin. Tu étais notre champion.
— Jesse est toujours en prison?
— Oui. Et pas près d'en sortir.
— Quelle prison?
— Buford. Quand je vois sa mère, je demande de ses nouvelles. Cela fait pleurer la pauvre femme mais je ne peux m'en empêcher.
— Je me demande s'il est au courant, pour Rake.

Paul haussa les épaules en signe d'ignorance. Pendant le silence qui suivit, ils regardèrent un vieux monsieur qui trottinait péniblement sur la piste. Derrière lui deux jeunes femmes corpulentes brûlaient plus d'énergie en parlant qu'en marchant.

— As-tu su pourquoi exactement Jesse a signé à Miami? demanda Neely.
— Non, je ne sais pas. On a parlé de beaucoup d'argent mais Jesse n'a jamais rien voulu dire.

— Tu te souviens de la réaction de Rake ?
— Il voulait tuer Jesse ! Je crois qu'il avait fait des promesses à un recruteur.
— Rake voulait toujours distribuer les récompenses, glissa Neely de l'air de celui qui sait de quoi il parle. Il aurait voulu que j'aille à State.
— C'est là que tu aurais dû aller.
— Trop tard pour avoir des regrets.
— Pourquoi as-tu signé à Tech ?
— J'aimais bien leur entraîneur.
— Personne ne l'aimait. Quelle est la véritable raison ?
— Tu veux vraiment la connaître ?
— Oui. Quinze ans ont passé...
— Cinquante mille dollars cash.
— Non !
— Si. State en proposait quarante mille, A&M trente-cinq. Deux ou trois autres universités n'allaient que jusqu'à vingt.
— Tu ne m'as jamais parlé de ça.
— Je n'en ai parlé à personne. Je trouvais ça sordide.
— Tu as touché cinquante mille dollars en espèces ? articula lentement Paul.
— Cinq cents billets de cent dollars dans un sac en toile rouge que j'ai découvert un soir dans le coffre de ma voiture, en sortant d'un cinéma où j'étais allé avec Screamer. Le lendemain matin, j'acceptais la proposition de Tech.
— Tes parents étaient au courant ?
— Tu es fou ? Mon père aurait prévenu les autorités du sport universitaire !

— Pourquoi as-tu accepté ?

— Ne sois pas naïf, Paul : toutes les universités proposaient de l'argent. C'était la règle du jeu.

— Je ne suis pas naïf, mais, de ta part, cela m'étonne.

— Pourquoi ? Je pouvais signer à Tech pour rien ou bien prendre l'argent. Pour un jeune imbécile de dix-huit ans, cinquante mille dollars, c'est le gros lot.

— Mais...

— Tous les recruteurs proposaient de l'argent, Paul. Tous sans exception. Je me suis dit que c'était la coutume.

— Comment as-tu caché l'argent ?

— J'en ai mis un peu partout. À la rentrée universitaire, j'ai acheté une voiture neuve, payée cash. Elle n'a pas duré longtemps.

— Tes parents ne se sont pas posé des questions.

— Si, mais j'étais en fac ; ils ne pouvaient pas savoir tout ce que je faisais.

— Tu n'as rien mis de côté ?

— Pourquoi mettre de l'argent de côté quand on touche des primes ?

— Quelles primes ?

Neely changea de position en ébauchant un sourire condescendant.

— Pas de ça avec moi, connard ! lança Paul. Aussi bizarre que cela puisse paraître, tes équipiers n'ont pas joué au football universitaire. Pas à ce niveau !

— Te souviens-tu de la coupe Gator, quand j'étais en première année de fac ?

— Bien sûr. Tout le monde a regardé le match.

— J'entre en jeu en deuxième mi-temps, je fais marquer trois touchdowns, j'atteins cent yards à la course et je gagne le match grâce à une passe à la dernière seconde. Je deviens une vedette, le meilleur débutant du pays et blablabla... En arrivant à la fac, j'ai trouvé un petit paquet dans mon casier : cinq mille dollars en espèces. Et un petit mot qui disait : « Beau match. Continuez comme ça. » Il était anonyme mais le message n'aurait pu être plus clair : continuez à gagner et l'argent continuera à affluer. Voilà pourquoi je ne mettais rien de côté.

Le pick-up customisé était peint d'une étonnante couleur, un brun rouge chaud avec des reflets dorés. Les jantes chromées étincelaient, les vitres teintées étaient d'un noir profond.

— Voilà Silo, annonça Paul tandis que le véhicule s'arrêtait près de la grille.

— Drôle de bagnole, fit Neely.

— Volée, sans doute.

Silo lui-même était customisé. Bombardier en cuir de la Seconde Guerre mondiale, pantalon de toile noir et boots noires. Il n'avait pas perdu de poids, n'en avait pas pris non plus. En le voyant faire lentement le tour du terrain, Neely se dit qu'il avait gardé sa silhouette et sa démarche de Spartiate, comme s'il défiait quiconque de le regarder de travers. Manifestement, Silo était encore capable d'enfiler un maillot, de passer le ballon et de faire mal à un adversaire.

Il gardait la tête tournée vers le centre du terrain. Peut-être se revoyait-il, des années plus tôt, peut-être entendait-il la voix de Rake qui s'emportait contre lui. Ce qu'il voyait ou entendait l'immobilisa un moment près de la ligne de touche, puis il traversa la piste et commença à gravir les marches métalliques, les mains enfoncées dans les poches de son blouson. Il arriva à la hauteur de Neely, hors d'haleine, et le serra aussitôt dans ses bras en lui demandant où il était passé depuis quinze ans. Ils échangèrent des paroles chaleureuses ; de vieilles insultes leur remontèrent aux lèvres. Il y avait tant à dire que ni l'un ni l'autre ne savait par où commencer.

Assis tous les trois en rang d'oignons, ils regardèrent un joggeur passer en traînant la patte. Quand Silo s'adressa à Neely, ce fut d'une voix douce, presque un murmure.

— Alors, où vis-tu en ce moment ?
— Dans la région d'Orlando.
— Quel genre de boulot ?
— Je suis dans l'immobilier.
— Tu as une famille ?
— Non, juste un divorce. Et toi ?
— Je dois avoir des tas de gamins, mais ils ne se sont pas fait connaître ! Je ne me suis jamais marié. Tu gagnes de l'argent ?
— Je ne me plains pas mais je ne gagne pas des fortunes.
— Pour moi, ça va bien, affirma Silo.
— Tu travailles dans quelle branche ? demanda Neely en coulant un regard en direction de Paul.
— Pièces détachées automobiles, répondit Silo. Je suis passé chez Rake dans l'après-midi ; miss Lila et les filles sont là, avec les petits-enfants et des voisins.

La maison est pleine : tout le monde attend que Rake meure.

— L'as-tu vu ? demanda Paul.

— Non. Il est dans une chambre avec une infirmière. Miss Lila a dit qu'il ne voulait pas qu'on le voie à sa dernière heure, qu'il n'avait plus que la peau sur les os.

L'image d'Eddie Rake étendu dans la pénombre d'une chambre et veillé par une infirmière comptant les minutes qui lui restaient à vivre jeta un froid dans les esprits. Jusqu'au jour où il s'était fait débarquer, Rake avait assuré les entraînements en short et chaussures à crampons. Il n'hésitait jamais à faire la démonstration d'une technique de plaquage ou des différentes manières d'écarter un adversaire du bras. Rake aimait le contact physique avec ses joueurs. Pas leur taper dans le dos pour les féliciter d'une action réussie mais les bousculer. Jamais une séance d'entraînement n'était terminée avant qu'il ait rageusement balancé son bloc-notes pour saisir un joueur aux épaules et le secouer comme un prunier. Grand et costaud, de préférence. Quand ils travaillaient les blocks à l'entraînement et que cela ne se passait pas comme il le voulait, il se mettait en position accroupie, lançait le ballon et percutait un défenseur qui pesait, si possible, vingt kilos de plus que lui. Tout le monde avait vu Rake, quand il était d'une humeur de chien, foncer tête baissée sur un joueur et le projeter au sol. Il aimait la violence inhérente au football et l'exigeait de chacun de ses joueurs.

En trente-quatre ans de carrière, l'entraîneur en chef n'avait pourtant frappé que deux joueurs. À la fin des années 60, une castagne restée dans les mémoires l'avait opposé à un excité qui venait de quitter l'équipe et lui cherchait des crosses ; il avait trouvé à qui parler. La seconde fois, un coup de poing vicieux avait atterri sur la figure de Neely Crenshaw.

Il paraissait inconcevable qu'un tel homme soit devenu un vieillard décharné sur le point de rendre le dernier soupir.

— J'étais aux Philippines, reprit Silo d'une voix rauque dans le silence du soir. Je gardais les toilettes des officiers – un cauchemar – et je ne t'ai jamais vu jouer dans une rencontre universitaire.

— Tu n'as pas raté grand-chose, glissa Neely.

— J'ai appris plus tard que tu avais fait des étincelles, puis que tu avais été blessé.

— J'ai fait quelques beaux matches.

— Il a été élu joueur du mois en deuxième année de fac, précisa Paul. Six passes réussies pour marquer six touchdowns contre Purdue.

— Le genou ? fit Silo.

— Oui.

— Comment ça s'est passé ?

— Il y avait une ouverture sur la droite. J'ai foncé, le ballon sous le bras ; je n'ai pas vu un défenseur arriver.

Neely avait débité tout cela d'une traite, comme s'il l'avait trop souvent raconté et ne tenait pas à se perdre dans les détails.

Silo s'était fait une entorse en jouant ; il n'avait pas eu de séquelles mais savait ce qu'était une blessure au genou.

— Tu es passé sur le billard ?

— Quatre fois, répondit Neely. Rupture du ligament, rotule en miettes.

— C'est le casque qui t'a touché ?

— Le défenseur a plongé tête en avant vers le genou de Neely au moment où il sortait du terrain, précisa Paul. On a repassé l'action une dizaine de fois à la télé. Un des commentateurs a eu le culot d'appeler ça de l'antijeu. C'était l'équipe d'A&M, voilà tout.

— Tu as dû souffrir comme un damné, poursuivit Silo.

— Oui.

— Il a été transporté à l'hôpital en ambulance, expliqua Paul. Ce soir-là, on a pleuré dans les rues de Messina.

— J'imagine, fit Silo. Il n'en faut pas beaucoup pour mettre cette ville sens dessus dessous. La rééducation n'a pas marché ?

— Il y a des blessures qui mettent fin à une carrière, comme on dit ; la rééducation n'a fait qu'aggraver le mal. J'ai été foutu au moment même où j'ai choisi de partir avec le ballon ; j'aurais dû rester dans la poche de protection, comme on m'avait appris à le faire.

— Rake ne t'a jamais demandé ça.

— Ce n'est pas le même jeu, à ce niveau, Silo.

— Ces abrutis n'ont jamais voulu me recruter. J'aurais été un super joueur, sans doute le premier à mon poste à recevoir le trophée Heisman.

— Sans doute, approuva Paul.

— Tout le monde le savait, à Tech, affirma Neely. On me demandait sans arrêt : « Où est le grand Silo Mooney ? Pourquoi n'a-t-il pas signé chez nous ? »

— Quel gâchis ! soupira Paul. Tu jouerais encore dans une équipe professionnelle.

— Probablement chez les Packers de Green Bay, poursuivit Silo. J'aurais un salaire astronomique, les nanas feraient la queue à ma porte. La grande vie.

— Rake voulait que tu ailles en fac, non ? demanda Neely.

— J'allais le faire mais on ne m'a pas laissé finir mon année de terminale.

— Comment as-tu fait pour t'engager ?

— J'ai menti.

Il ne faisait aucun doute que Silo avait menti pour s'engager dans l'armée et probablement pour en être renvoyé.

— J'ai envie d'une bière, déclara-t-il. Pas vous ?

— Merci, répondit Paul. Je vais bientôt rentrer à la maison.

— Et toi ?

— D'accord pour une bière, fit Neely.

— Tu vas rester un peu ? demanda Silo.

— Peut-être.

— Moi aussi. C'est là qu'il faut être, ce soir.

Le marathon des Spartiates était une torture annuelle inventée par Rake pour inaugurer la nouvelle saison. Il avait lieu au mois d'août, à l'occasion du premier entraînement, à midi tapant, quand la chaleur était la plus forte. Tout joueur espérant entrer dans l'équipe première se présentait au stade en short et chaussures de course. Au coup de sifflet de Rake, l'épreuve commençait.

La formule était simple : on courait jusqu'à s'écrouler et un minimum de douze tours était exigé. Tout concurrent qui ne bouclait pas douze tours avait la possibilité de recommencer le lendemain. S'il échouait deux fois de suite, il n'était pas digne de porter le maillot des Spartiates ; celui qui était incapable de parcourir cinq kilomètres n'avait pas sa place dans l'équipe.

Assis dans la cabine de presse climatisée, les assistants de l'entraîneur comptaient les tours tandis que Rake allait et venait d'un bout à l'autre du terrain, observant les concurrents, poussant un coup de gueule à leur passage, disqualifiant ceux qui se traînaient. La vitesse ne comptait pas mais quand quelqu'un se mettait à marcher, Rake lui demandait de quitter la piste. Ceux qui abandonnaient, tombaient dans les pommes ou étaient disqualifiés se retrouvaient assis au centre du terrain, sous un soleil de plomb, jusqu'à ce qu'il n'y ait plus de coureurs debout. Une des rares règles en vigueur prévoyait l'expulsion automatique de tout concurrent surpris à vomir sur la piste. Il était permis de vomir et cela arrivait souvent, mais à l'extérieur de la piste. À cette seule condition, le concurrent malade pouvait reprendre la course.

Dans la panoplie des méthodes de Rake, le marathon était de loin la plus redoutée. L'épreuve avait poussé bien des jeunes gens de Messina à changer de discipline ou à faire une croix sur le sport. Quand on parlait du marathon à un jeune au mois de juillet, il avait l'estomac noué et la gorge sèche. Dès les premiers jours d'août, la plupart s'entraînaient déjà en prévision de l'épreuve.

Grâce au marathon, les Spartiates commençaient la saison en parfaite condition physique. Il n'était pas rare de voir un défenseur corpulent perdre dix ou quinze kilos au cours de l'été. Ce n'était ni pour sa petite amie ni pour des raisons esthétiques mais pour être capable d'aller au bout du marathon. Après l'épreuve, il pouvait se remettre à manger mais il n'était pas facile de reprendre du poids en s'entraînant trois heures par jour.

Rake, de toute façon, n'aimait pas les défenseurs trop lourds ; il les préférait vicieux, à la manière de Silo Mooney.

En terminale, Neely avait parcouru trente et un tours, soit près de douze kilomètres et demi. Quand il s'était effondré au bord de la piste, secoué de haut-le-cœur, il avait entendu Rake l'injurier de l'autre côté du terrain. Cette année-là, Paul avait couvert un peu plus de quinze kilomètres – trente-huit tours – pour remporter la course. Les Spartiates avaient gardé deux chiffres en mémoire : le numéro de son maillot et le nombre de tours parcourus.

Un jour, après la blessure au genou qui l'avait ravalé au rang de simple étudiant, Neely se trouvait dans un bar quand il était tombé nez à nez avec une étudiante originaire de Messina.

— Tu as appris la nouvelle? demanda-t-elle.
— Quelle nouvelle? fit-il, nullement intéressé par ce qui se passait à Messina.
— Le record du marathon des Spartiates a été battu.
— Ah bon?
— Oui. Quatre-vingt-trois tours.

Neely répéta le chiffre et fit le calcul.

— Cela représente plus de trente-trois kilomètres.
— Oui.
— Qui a fait ça?
— Un certain Randy Jaeger.

Il fallait être de Messina pour rapporter des échos d'une séance d'entraînement de l'équipe du lycée.

Ce même Randy Jaeger était en train de gravir les marches de la tribune; son maillot vert rentré dans son jean portait un gros numéro 5 blanc, bordé d'un filet d'argent. Petit, la taille très fine, il avait le gabarit d'un ailier, certainement très véloce quand il était lancé. Il reconnut Paul et s'arrêta à trois rangs d'eux en voyant Neely.

— Neely Crenshaw?
— En personne.

Ils échangèrent une poignée de main. Paul connaissait bien Jaeger dont les parents, comme Neely ne tarda pas à l'apprendre, propriétaires d'un centre commercial au nord de Messina, avaient évidemment choisi Paul comme banquier.

Randy prit place derrière ses deux aînés et se pencha vers eux.

— Il y a du nouveau pour Rake?

— Pas vraiment, répondit Paul d'un ton grave. Il s'accroche.

— Jusqu'à quand as-tu joué? demanda Neely à Randy.

— 1993.

— Et il s'est fait débarquer en...

— 1992. J'étais un des capitaines de l'équipe.

Un silence pesant s'établit tandis que l'épisode dramatique du renvoi de Rake repassait silencieusement dans les esprits. À l'époque, Neely se baladait dans l'ouest du Canada; une parenthèse de près de cinq ans, avant d'entrer dans la vie active. Il avait appris petit à petit les détails de l'affaire tout en essayant de se convaincre qu'il se contrefichait de ce qui arrivait à Eddie Rake.

— C'est toi qui as fait quatre-vingt-trois tours? reprit Neely.

— Oui, en 1990. J'étais en seconde.

— Le record tient toujours?

— Oui. Et toi?

— Trente et un, en terminale. J'ai de la peine à imaginer que quelqu'un ait pu faire quatre-vingt-trois tours.

— J'ai eu de la chance. Ciel couvert, température fraîche.

— Et le deuxième?

— Quarante-cinq, je crois.

— À mon avis, la chance n'a rien à voir là-dedans. Tu as joué dans une équipe universitaire?

— Je pesais moins de soixante kilos avec tout l'équipement.

— Il a été deux ans de suite le meilleur joueur de l'État à son poste, glissa Paul. Il détient toujours le record de la plus longue distance parcourue à la relance, sur coup de pied de l'équipe adverse. Mais sa maman n'a pas réussi à lui faire prendre du poids.

— J'ai une question, reprit Neely. Après avoir bouclé mes trente et un tours, j'étais cuit. Rake m'a traité de tous les noms. J'aimerais savoir ce qu'il t'a dit le jour où tu en as fait quatre-vingt-trois.

Paul poussa un ricanement : il connaissait l'histoire.

— C'est Rake tout craché, fit Randy en souriant. Quand je me suis arrêté, il est venu vers moi et il a lancé d'une voix forte : « Je croyais que tu irais jusqu'à cent. » C'était pour la galerie, bien sûr. Quand je l'ai revu dans les vestiaires, il m'a dit que c'était une sacrée performance.

Deux joggeurs quittèrent la piste et montèrent dans les tribunes ; ils s'assirent au troisième ou quatrième rang. La cinquantaine alerte, ils avaient le teint hâlé et des chaussures haut de gamme.

— Celui de droite s'appelle Blanchard Teague, glissa Paul qui, décidément, connaissait tout le monde. C'est notre optométriste. L'autre est Jon Couch, un avocat. Ils jouaient à la fin des années 60, à l'époque de la Série.

— Ils n'ont jamais perdu un match, fit Randy.

— Exactement. L'équipe de 68 n'a même jamais encaissé un seul point. Douze rencontres, douze victoires sans que l'adversaire marque un point. Ces deux-là en faisaient partie.

— Énorme, souffla Randy, visiblement impressionné.

— Nous n'étions pas encore de ce monde, observa Paul.

Il fallait un moment pour prendre la mesure d'un tel exploit. L'optométriste et l'avocat étaient en grande conversation ; ils devaient revivre leurs hauts faits.

— Quelques années après le départ de Rake, poursuivit doucement Paul Curry, il y a eu un papier dans le journal qui reprenait toutes les statistiques et précisait qu'en trente-quatre saisons il avait entraîné sept cent quatorze joueurs. C'était le titre de l'article : « Eddie Rake et les sept cents Spartiates. »

— Je l'ai lu, fit Randy.

— Je me demande combien d'entre eux assisteront à son enterrement, fit Paul.

— La plupart.

L'idée que Silo se faisait d'une tournée de bières consistait à acheter deux caisses pleines et à amener deux copains pour aider à les vider. Les copains en question descendirent de son pick-up et lui emboîtèrent le pas tandis qu'il se dirigeait vers le stade, une caisse de Budweiser sur l'épaule, une bouteille à la main.

— Oh là là ! soupira Paul.
— Qui est le maigrichon ? demanda Neely.
— Je crois que c'est Hubcap.
— Il n'est pas en prison ?

— Pas en ce moment.

— L'autre s'appelle Amos Kelso, ajouta Randy. Il jouait avec moi.

Amos portait la deuxième caisse. En gravissant les marches des tribunes, Silo invita Orley Short et son pote à venir boire un coup avec eux; ils acceptèrent sans hésiter. Il héla ensuite Teague et Couch qui montèrent à leur tour au trentième rang où Neely, Paul et Randy étaient assis.

Les présentations terminées et les bouteilles ouvertes, Orley demanda, à la cantonade, si quelqu'un avait des nouvelles fraîches de Rake.

— Tout le monde attend, fit Paul.

— J'y suis passé cet après-midi, déclara gravement Couch. Ce n'est plus qu'une question d'heures.

L'avocat se donnait des airs importants; Neely le prit aussitôt en grippe. L'optométriste se lança ensuite dans un long récit de l'évolution du cancer de Rake.

La nuit était presque tombée sur la piste déserte. Une haute silhouette dégingandée sortit du club-house et se dirigea vers les poteaux de métal supportant le tableau d'affichage.

— Ce n'est quand même pas Rabbit? s'étonna Neely.

— Bien sûr que si, répondit Paul. Il finira sa vie ici.

— Quelle est sa fonction maintenant?

— Il n'a pas besoin de fonction.

— Il m'a enseigné l'histoire, fit Teague.

— Et moi, les maths, ajouta Couch.

Rabbit avait enseigné durant onze ans avant que quelqu'un découvre qu'il n'avait même pas terminé sa troisième. L'affaire avait fait scandale et Rabbit avait été viré, mais Rake était intervenu pour le faire nommer responsable adjoint de la préparation physique. Au lycée de Messina, cela signifiait exécuter les ordres de Rake. Autrement dit, il conduisait le car de l'équipe, nettoyait les maillots entretenait le matériel et, surtout, tenait l'entraîneur informé de tous les potins.

Les projecteurs étaient montés sur quatre poteaux, deux de chaque côté du stade. Rabbit actionna un interrupteur : du côté sud, celui des visiteurs, les projecteurs s'allumèrent. Dix rangées de dix lampes chacun ; des ombres s'étirèrent sur le terrain.

— Il fait ça depuis une semaine, expliqua Paul. Une sorte de veillée : quand Rake rendra le dernier soupir, les lumières s'éteindront.

Rabbit revint vers le club-house d'une démarche vacillante et disparut à l'intérieur.

— Il vit encore là ? demanda Neely.

— Il loge sous les combles, au-dessus de la salle de musculation. Il se prétend veilleur de nuit. Il est complètement azimuté.

— J'ai gardé le souvenir d'un excellent prof de maths, glissa Couch.

— Il peut s'estimer heureux de pouvoir marcher, poursuivit Paul.

Tout le monde s'esclaffa.

Rabbit était infirme depuis 1981, quand, au cours d'un match, pour une raison que ni lui ni personne n'était jamais parvenu à déterminer, il s'était élancé de la touche vers le milieu du terrain pour couper la route à « Lightning » Loyd, un coureur rapide et puissant qui devait jouer par la suite à l'université Auburn mais qui, ce soir-là, faisait partie de l'équipe du comté de Greene. Les deux équipes étaient à égalité peu avant la fin du troisième quart-temps, quand Loyd reçut le ballon et se lança dans une longue course qui devait aboutir à un touchdown. Entre les deux équipes invaincues, la tension était palpable, sans doute trop forte pour Rabbit qui, brusquement, craqua. Les dix mille supporters de Messina le virent avec une horreur mêlée de ravissement lancer sa carcasse fluette dans l'arène. À la hauteur de la ligne des trente-cinq yards, il entra en collision avec Loyd. Le choc faillit être fatal à Rabbit qui, à l'époque, avait plus de quarante ans mais n'eut guère d'effet sur Loyd. Un insecte s'écrasant sur un pare-brise.

Rabbit portait un pantalon kaki, un tee-shirt aux couleurs de Messina, une casquette verte qui fut projetée vers le ciel et retomba dix mètres plus loin, et des santiags. La botte gauche se détacha et roula par terre pendant le vol plané de Rabbit. Des spectateurs assis au trentième rang jurèrent avoir entendu des os se briser.

Si Loyd avait poursuivi sa course, la controverse eût été moins vive, mais il fut tellement surpris qu'il perdit l'équilibre en regardant par-dessus son épaule pour voir ce qu'il venait de renverser. Il parcourut une douzaine de mètres sur sa lancée ; quand il se retrouva le nez dans le gazon sur la ligne des vingt yards, la pelouse était jonchée de mouchoirs de pénalité.

Tandis que les soigneurs se pressaient autour de Rabbit pour déterminer s'il convenait de faire venir une ambulance ou un pasteur, les arbitres se consultèrent rapidement et décidèrent d'accorder l'essai au comté de Greene, une décision que Rake contesta un moment avant de s'incliner. Il était bouleversé, comme tout un chacun, et très inquiet pour Rabbit qui n'avait pas fait un mouvement depuis qu'il était tombé.

Il fallut vingt minutes pour relever Rabbit, l'allonger délicatement sur un brancard et le transporter dans l'ambulance. Quand le véhicule se mit en route, les dix mille supporters de Messina se levèrent pour applaudir respectueusement. Ceux de l'équipe adverse, ne sachant s'ils devaient applaudir eux aussi ou siffler, choisirent de rester assis. Le touchdown avait été accordé mais le grand abruti était plus mort que vif.

Rake mit à profit l'arrêt de jeu pour exhorter ses troupes à se battre.

— Rabbit va au contact avec plus de conviction que vous, bande de lavettes ! lança-t-il à sa défense. Rentrez-leur dedans et gagnez ce match pour Rabbit !

Messina inscrivit trois touchdowns dans le dernier quart-temps et l'emporta haut la main.

Rabbit s'en sortit, lui aussi. Il avait une fracture de la clavicule et trois vertèbres lombaires fêlées. La commotion cérébrale n'était pas trop grave ; ceux qui le connaissaient bien ne remarquèrent aucune altération de ses facultés. Inutile de préciser que Rabbit devint un véritable héros. À partir de cette date, à l'occasion du banquet annuel, Rake remit un trophée Rabbit destiné à récompenser le meilleur plaquage de la saison.

L'éclat des projecteurs devenait plus vif à mesure que la nuit s'installait; les yeux s'adaptaient à la lumière du terrain éclairé d'un seul côté. Un autre petit groupe d'anciens Spartiates s'était formé à l'extrémité des gradins; les voix étaient à peine audibles.

Silo ouvrit une nouvelle bière et en vida la moitié d'un trait.

— Quand as-tu vu Rake pour la dernière fois? demanda Blanchard Teague à Neely.

— Deux jours après ma première opération.

Le silence se fit : personne, à Messina, n'avait entendu cette histoire.

— J'étais à l'hôpital, reprit Neely. Je venais de subir l'opération; trois autres devaient suivre.

— C'était de l'antijeu, marmonna Couch, comme si Neely avait besoin d'être rassuré.

— Et comment! approuva Amos Kelso.

Neely se les représentait, réunis en petits groupes dans les cafés de la Grand-Rue, faisant une tête de six pieds de long, évoquant d'une voix grave le plaquage à retardement qui avait mis fin en une fraction de seconde à la carrière de leur héros. Une infirmière lui avait confié qu'elle n'avait jamais vu un tel afflux de témoignages de sympathie : cartes, fleurs, chocolats, ballons d'enfants, dessins de classes du primaire.

Tout venait de la petite ville de Messina, située à trois heures de route de l'hôpital. Neely avait refusé toutes les visites autres que celles de ses parents et de ses entraîneurs de la fac. Pendant huit interminables journées, il s'était apitoyé sur lui-même, aidé par les calmants qu'il ne cessait de demander aux médecins. Un soir, bien après les heures de visite, Rake avait poussé la porte de la chambre.

— Il a essayé de me remonter le moral, poursuivit Neely en prenant une gorgée de bière. Il a affirmé que la rééducation pouvait rendre l'usage normal d'un genou ; j'ai fait semblant de le croire.

— Il a fait allusion à la finale de 87 ? demanda Silo.

— Nous en avons parlé.

Il y eut un long silence gêné tandis que chacun se remémorait le match et les mystères qui l'entouraient. C'était le dernier titre de Messina, une raison suffisante pour s'adonner à des analyses sans fin. Quand les Spartiates, menés 31-0 à la mi-temps, bousculés, malmenés par une équipe d'East Pike qui les dominait largement, avaient fait leur retour sur le terrain devant trente-cinq mille spectateurs sur des charbons ardents, Rake était absent. Il n'avait réapparu qu'à quelques minutes de la fin du match.

La vérité sur ce qui s'était passé quinze ans auparavant n'avait jamais transpiré. À l'évidence, pas plus Neely que Silo, Paul ni Hubcap Taylor n'était disposé à rompre le silence.

Dans la chambre de l'hôpital, Rake s'était enfin excusé mais Neely n'en avait jamais parlé à personne.

Teague et Couch prirent congé ; ils disparurent en trottinant dans l'obscurité.

— Tu n'étais donc jamais revenu ? demanda Randy Jaeger.

— Pas depuis ma blessure, répondit Neely.

— Pourquoi ?

— Je n'en avais pas envie.

Hubcap Taylor, qui buvait en douce quelque chose de plus fort que de la bière, avait à peine ouvert la bouche jusqu'alors.

— On raconte que tu détestais Rake, fit-il, la langue pâteuse.

— Ce n'est pas vrai.

— Et qu'il te le rendait bien.

— Rake avait un problème avec les vedettes de son équipe, déclara Paul. Tout le monde le savait. Quand un joueur obtenait trop de récompenses, établissait trop de records, Rake devenait tout bonnement jaloux. Il nous faisait travailler comme des forçats et voulait faire de chacun de nous un grand joueur mais, quand quelqu'un comme Neely polarisait l'attention, Rake devenait jaloux.

— J'en crois pas un mot, grogna Orley Short.

— C'est la vérité. Sans compter qu'il tenait à offrir ses meilleurs joueurs à l'université de son choix. Il voulait que Neely parte à State.

— Il voulait que je parte à l'armée, glissa Silo.

— Tu peux t'estimer heureux de ne pas être parti pour la prison, lança Paul sur le même ton.

— Attends, l'histoire n'est pas finie, fit Silo en riant.

Une voiture s'arrêta près de la grille; le conducteur éteignit ses phares. Aucune portière ne s'ouvrit.

— On sous-estime la prison, lâcha Hubcap en souriant.

— Rake avait ses chouchous, reprit Neely. Je n'en faisais pas partie.

— Alors, pourquoi es-tu là? demanda Orley Short.

— Je ne sais pas exactement. Pour la même raison que toi, j'imagine.

Au début de sa première année universitaire, Neely était revenu à Messina pour assister au match d'ouverture de la saison. Au cours d'une cérémonie organisée à la mi-temps, on retira le numéro 19. L'ovation du public s'était prolongée au point de retarder le coup d'envoi de la seconde période, ce qui valut une pénalité de cinq yards aux Spartiates – qui menaient 28-0 – en dépit des violentes protestations de leur entraîneur.

C'était le seul match auquel Neely avait assisté après son départ de la ville; un an plus tard, il était à l'hôpital.

— Quand lui a-t-on élevé une statue? demanda-t-il.

— Deux ans après son départ, répondit Randy. Les supporters ont réuni dix mille dollars. Ils voulaient l'inaugurer en sa présence, avant un match, mais il a refusé.

— Il n'est jamais revenu au stade?

— En quelque sorte, fit Randy en montrant une élévation de terrain, derrière le club-house. Avant chaque match, il prenait la route de Karr's Hill et garait sa voiture sur un petit chemin. Il restait là, avec miss Lila, à regarder le terrain, de trop loin pour voir grand-chose, en écoutant le commentaire de Buck Coffey à la radio. Tout le monde savait qu'il était là : à la fin de chaque mi-temps, la fanfare se tournait vers la colline pour interpréter l'hymne des Spartiates et les dix mille spectateurs agitaient la main dans sa direction.

— Sympa, affirma Amos Kelso.

— Rake était au courant de tout ce qui se passait, ajouta Paul. Rabbit l'appelait deux fois par jour pour l'informer.

— Il s'était coupé de ses amis? s'enquit Neely.

— Il restait dans son coin, répondit Amos. Les trois ou quatre premières années, en tout cas. Le bruit a couru qu'il allait partir, puis rien. Il allait à la messe tous les matins, sans se faire remarquer.

— Il sortait un peu plus ces dernières années, précisa Paul. Il s'était mis au golf.

— Était-il amer?

La question demandait réflexion.

— Oui, répondit Randy au bout d'un moment, son caractère s'était aigri.

— Je ne pense pas, objecta Paul. Je crois qu'il s'en voulait, avant tout.

— Il paraît qu'il sera enterré à côté de Scotty, déclara Amos.

— C'est ce qu'on dit, fit Silo, l'air songeur.

Une portière claqua; une silhouette s'avança sur la piste. Celle d'un homme trapu, en uniforme, qui s'approchait des gradins d'une démarche assurée.

— Ça va se gâter, murmura Amos.

— C'est Mal Brown, fit Silo à mi-voix.

— Notre illustre shérif, déclara Paul en se tournant vers Neely.

— Le numéro 31 ?

— En personne.

Le numéro 19 de Neely avait été le dernier à être retiré ; le premier avait été le 31, le maillot de Mal Brown. Il avait joué dans les années 60, à l'époque de la Série. Trente-cinq ans plus tôt, avec trente-cinq kilos de moins, il avait été un arrière puissant. Au cours d'un seul match, il avait touché le ballon cinquante-quatre fois, un record qui tenait toujours. Un mariage précoce avait mis fin à une carrière universitaire à peine entamée et un divorce rapide l'avait expédié au Vietnam juste avant l'offensive du Têt. L'enfance de Neely avait été bercée par le récit des exploits du grand Mal Brown. Un jour, pendant une réunion d'avant-match, Rake avait raconté en détail comment Mal Brown, la cheville fracturée, avait totalisé deux cents yards de course dans la seconde mi-temps.

Rake adorait ces histoires de joueurs refusant de quitter le terrain malgré des fractures, des plaies ouvertes ou autres blessures affreuses.

Neely avait appris quelques années plus tard que la fracture de la cheville de Mal n'était vraisemblablement qu'une grosse entorse, mais la légende avait pris corps au fil des ans, du moins dans l'esprit de Rake.

Le shérif s'avança le long de la tribune en échangeant quelques mots à droite et à gauche puis il entreprit de monter jusqu'au trentième rang où il s'arrêta, hors d'haleine, devant le petit groupe. Il salua Paul, puis Amos, Silo, Orley, Hubcap et Randy – il les appelait par leur prénom ou leur surnom.

— J'ai appris que tu étais arrivé, dit-il à Neely en lui tendant la main. Ça faisait un bail.

— Vrai.

Neely ne trouva rien d'autre à dire. C'était la première fois qu'il rencontrait Mal Brown, qui n'était pas encore shérif quand il vivait à Messina. Neely connaissait le joueur légendaire, pas l'homme.

Aucune importance : ils appartenaient à la même confrérie.

— La nuit est tombée, Silo, reprit le shérif. Comment se fait-il que tu ne sois pas en train de voler des voitures ?

— Il est trop tôt.

— Je te coincerai un jour, tu le sais.

— J'ai des avocats.

— Passe-moi une bière ; j'ai terminé mon service.

Silo tendit une bouteille que Mal vida d'un trait.

— Je sors de chez Rake, déclara-t-il en faisant claquer sa langue, comme s'il n'avait pas bu une goutte depuis plusieurs jours. Rien de nouveau. Tout le monde attend.

Cela n'appelait aucun commentaire.

— Où te cachais-tu ? demanda Mal à Neely.

— Nulle part.

— Ne mens pas. Personne ne t'a vu ici depuis au moins dix ans.

— Mes parents ont pris leur retraite en Floride. Je n'avais aucune raison de revenir.

— Tu es né et tu as grandi ici. Ce n'est pas une raison suffisante ?

— Pour toi, peut-être.

— Je t'en foutrais, des peut-être ! Tu as plein d'amis ici. Ce n'est pas bien de disparaître comme ça.

— Prends une autre bière, Mal, glissa Paul.

Silo fit vivement passer une bouteille au shérif.

— Tu as des gosses ? reprit Mal après un moment de réflexion.

— Non.

— Et ton genou ?

— Foutu.

— C'est trop bête.

Mal descendit une longue goulée de bière.

— Le coup était vicieux, poursuivit-il. Tu avais déjà franchi la ligne de touche.

— J'aurais dû rester dans la poche de protection.

Neely changea de position en se demandant si on allait encore parler longtemps à Messina de la blessure qui avait mis fin à sa carrière.

— Tu étais le meilleur, reprit lentement le shérif après avoir vidé sa bière.

— Parlons d'autre chose, coupa Neely.

Il était là depuis près de trois heures et une brusque envie de partir le saisit. Il ne savait absolument pas où aller. Paul avait bien lancé une invitation à dîner, mais cela remontait à deux heures et il n'en avait pas reparlé.

— Bon. De quoi veux-tu parler ?

— De Rake, par exemple. Quelle a été la plus mauvaise équipe qu'il a entraînée ?

Les bouteilles s'immobilisèrent pendant que chacun réfléchissait. Mal fut le premier à donner son avis.

— Il a perdu quatre matches en 76. Miss Lila jure qu'il s'est caché pendant tout l'hiver qui a suivi. Il n'allait plus à l'église et refusait de se montrer en public. Il a imposé à l'équipe un programme de remise en forme démentiel. Il a dirigé trois entraînements par jour en plein mois d'août. Quand la saison a commencé, ce n'était plus la même équipe. Ils ont failli gagner le championnat de l'État.

— Comment Rake a-t-il pu perdre quatre matches dans la même saison ? demanda pensivement Neely.

Mal s'enfonça dans son siège et prit une gorgée de bière. Il était de loin le plus âgé du petit groupe et, comme il n'avait pas raté un seul match en trente ans, il savait que les autres l'écouteraient.

— Pour commencer, il n'y avait pas de bons joueurs. Le prix du bois est monté en flèche pendant l'été 76 et les bûcherons ont laissé tomber l'équipe. Vous savez comment ils sont, ces gars-là. Ensuite, le quarterback s'est cassé le bras et il n'avait pas de remplaçant. Dans le match contre Harrisburg, nous n'avons pas réussi une passe. Un véritable désastre.

— Harrisburg nous a battus ? lança Neely, l'air incrédule.

— Leur seule victoire en quarante et une saisons. Je vais vous raconter ce que ces ringards ont fait. Ils mènent largement vers la fin du match, un score sévère, trente-six à zéro, quelque chose comme ça. La pire soirée de notre histoire. Ils se disent alors qu'ils vont frapper un grand coup et décident de marquer le maximum de points. À deux minutes de la fin, troisième tentative, près de l'en-but, ils font une passe croisée pour marquer un dernier touchdown. Ils ne se sentent plus : ils ont enfin mis la pâtée aux Spartiates de Messina! Rake a gardé son sang-froid; il a enfoui ça dans un coin de sa mémoire et il s'est mis en quête de bûcherons. La saison suivante, quand on a reçu Harrisburg, il y avait une foule énorme, qui criait vengeance; on a marqué sept touchdowns dans la première mi-temps.

— Je me souviens de ce match, glissa Paul. J'étais au cours préparatoire : quarante-huit à zéro.

— Quarante-sept, rectifia Mal, fier de sa mémoire. Nous avons encore marqué quatre fois dans le troisième quart-temps mais Rake demandait de continuer le jeu de passes. Il n'avait pas de remplaçants mais le ballon restait en l'air.

— Le score final? s'enquit Neely.

— Quatre-vingt-quatorze à zéro; le record reste à battre. La seule fois où j'ai vu Eddie Rake chercher à alourdir le score.

Un éclat de rire collectif s'éleva dans le groupe installé à l'extrémité des tribunes : quelqu'un venait de terminer une anecdote, sans doute sur Rake ou sur une rencontre tirée de l'oubli. Depuis l'arrivée du représentant de la loi, Silo s'était fait très discret.

— Bon, il faut que j'y aille, déclara-t-il quand il estima le moment propice. Appelle-moi, Paul, s'il se passe quelque chose.

— Compte sur moi.
— À demain, tout le monde.

Silo s'étira, saisit une bouteille pour la route.

— Tu peux m'emmener ? demanda Hubcap.
— C'est la bonne heure, Silo ? lança Mal. L'heure où les voleurs sortent de leur tanière ?
— Je prends quelques jours de repos en l'honneur de Rake.
— Comme c'est touchant ! Si tu ne fais rien ce soir, je vais renvoyer chez eux les gars de la patrouille de nuit.
— Comme tu veux, Mal.

Silo, Hubcap et Amos Kelso descendaient déjà ; les marches de métal vibraient sous leurs pas lourds.

— Je ne lui donne pas un an avant de se retrouver au trou, déclara le shérif en suivant des yeux les trois hommes qui marchaient à présent sur la piste, derrière l'en-but. Assure-toi que ta banque n'aura pas de problèmes, Paul.
— Ne t'inquiète pas.

Neely en avait assez entendu.

— Je vais y aller aussi, fit-il en se levant.
— Je croyais que tu venais dîner à la maison, protesta Paul.
— Je n'ai pas faim. Demain soir, ça te va ?
— Mona va être déçue.
— Dis-lui que je mangerai les restes. Bonsoir, tout le monde. Nous allons nous revoir bientôt.

L'articulation du genou était raide. Neely s'efforçait de ne pas boitiller sur les marches, pour faire croire aux autres qu'il n'était pas diminué, pour montrer qu'il était encore celui dont ils avaient gardé le souvenir. Arrivé sur la piste, derrière le banc des Spartiates, il tourna trop rapidement et le genou faillit lâcher. Il fléchit, oscilla et Neely sentit les dizaines de piqûres d'aiguilles. Cela arrivait souvent ; il savait qu'il fallait soulever légèrement le genou, faire passer tout son poids sur la jambe droite et continuer à marcher comme si de rien n'était.

Mercredi

Dans toutes les vitrines de la grand-place de Messina il y avait un grand calendrier vert de la saison de football, comme si les passants avaient besoin qu'on leur rappelle que les Spartiates jouaient le vendredi soir. Sur chaque lampadaire flottait une banderole vert et blanc qu'on hissait à la fin du mois d'août et qu'on abaissait quand la saison s'achevait. Neely se souvenait de ces banderoles qu'il voyait, enfant, à bicyclette ; rien n'avait changé. Les grands calendriers verts avaient chaque année la même présentation : liste des rencontres en gros caractères, visages souriants des terminales et, au bas de l'affiche, les logos des sponsors locaux, à savoir tous les commerçants de la ville. Il ne manquait personne sur le calendrier.

En entrant chez Renfrow avec Paul, Neely respira un grand coup. Il fallait sourire, se montrer poli : les gens qu'il allait rencontrer lui avaient voué une véritable adoration. Une odeur lourde de friture le saisit à la porte de l'établissement, puis il perçut des bruits de vaisselle venus des cuisines. Ni les odeurs ni les bruits n'avaient changé depuis l'époque où son père l'emmenait boire un chocolat chaud le samedi matin dans ce café-restaurant où les bonnes gens de Messina venaient revivre et disséquer le match victorieux de la veille.

Pendant la durée de la saison, chaque joueur y avait droit à un repas gratuit par semaine. Un geste simple et généreux qui n'avait jamais été remis en question sauf en une occasion : l'intégration des Noirs au système scolaire. Renfrow allait-il accorder le même privilège aux joueurs de couleur ? Eddie Rake fit savoir qu'il y tenait ; le café devint un des premiers de l'État à mettre volontairement l'intégration en pratique.

En glissant au passage quelques mots aux hommes assis devant leur café, Paul continuait d'avancer vers une table libre, près de la vitre. Neely se contentait de quelques signes de tête en s'efforçant de ne pas croiser les regards. Quand ils furent arrivés à leur place, le secret était éventé : Neely Crenshaw était de retour.

Les murs étaient couverts d'anciens calendriers, de coupures de journaux encadrées, de fanions, de maillots porteurs d'autographes et de centaines de photographies. Photos des équipes alignées par ordre chronologique, derrière le comptoir, clichés publiés dans le journal local, grandes photographies en noir et blanc des meilleurs Spartiates. Celle de Neely, prise l'année de sa terminale, se trouvait au-dessus de la caisse. Il posait, le ballon à la main, prêt à faire une passe, sans casque, l'air concentré, les cheveux en bataille, un duvet de trois jours sur le menton, le regard fixé au loin, comme perdu dans des rêves de gloire.

— Tu étais joli garçon, en ce temps-là, glissa Paul.

— J'ai l'impression que c'était hier et aussi que c'était un rêve.

Au milieu du mur du fond se trouvait un autel dédié à Eddie Rake. Sous une grande photographie en couleurs du coach devant un poteau de but s'affichait son palmarès : quatre cent dix-huit victoires, soixante-deux défaites, treize championnats de l'État.

À en croire les rumeurs matinales, Rake s'accrochait. Et toute la ville derrière lui. Les conversations étaient feutrées ; il n'y avait ce matin-là ni rires, ni blagues, ni vantardises de pêcheurs, ni prises de bec politiques.

Une serveuse minuscule en uniforme vert et blanc vint apporter le café et prendre la commande. Elle connaissait Paul mais pas celui qui l'accompagnait.

— Maggie est toujours là ? demanda Neely.

— En maison de retraite, répondit Paul.

Maggie Renfrow avait servi pendant des dizaines d'années du café réchauffé et des œufs baignant dans l'huile. Elle s'était trouvée au cœur des ragots et des rumeurs. Grâce aux repas gratuits qu'elle servait aux joueurs, elle avait réussi à s'insinuer dans leurs bonnes grâces, le rêve de tout supporter.

Un homme s'approcha et salua Neely d'un air compassé.

— Je voulais juste vous saluer, fit-il, la main tendue. Cela fait plaisir de vous revoir après tout ce temps. Vous étiez un grand joueur.

— Merci, fit Neely en lui serrant la main.

La poignée de main fut brève. Neely détourna les yeux; l'homme comprit et se retira. Personne ne l'imita.

Neely surprit quelques regards furtifs coulés dans sa direction mais la plupart des clients choisirent de feindre l'indifférence pour celui qui n'était pas revenu depuis quinze ans. Messina revendiquait la propriété de ses héros et attendait d'eux qu'ils partagent sa nostalgie.

— Depuis quand n'as-tu pas vu Screamer? demanda Paul de but en blanc.

Neely se tourna vers la vitre avec un ricanement.

— Pas depuis la fac.

— Tu n'as jamais eu de nouvelles?

— Une lettre, il y a des années. Un papier à lettres tape-à-l'œil acheté à Hollywood. Elle disait que le succès était proche, qu'elle allait devenir bien plus célèbre que je n'avais rêvé de l'être. Que des méchancetés; je n'ai pas répondu.

— Elle est venue au dixième anniversaire de la fin d'étude de notre promotion, reprit Paul. Le look d'une actrice, cheveux blonds, toute en jambes, des fringues comme on n'en avait jamais vu par ici; elle avait mis le paquet. Elle n'arrêtait pas de citer des gens en vue, des producteurs, des réalisateurs, des acteurs dont je n'avais jamais entendu parler. J'ai eu l'impression qu'elle passait plus de temps au lit que devant les caméras.

— On la reconnaît bien là.
— Tu es bien placé pour le savoir.
— Comment était-elle ?
— Fatiguée.
— Elle avait eu des rôles ?
— Pas mal, à l'en croire, mais jamais les mêmes. Nous en avons parlé après son départ : personne n'avait vu aucun des films dans lesquels elle prétendait avoir joué. De la poudre aux yeux. Et maintenant, elle s'appelle Tessa Canyon.
— Tessa Canyon ?
— Absolument.
— Ça sonne comme un nom d'actrice porno.
— C'est la voie qu'elle suivait.
— La pauvre !
— La pauvre ? répéta Paul. Une idiote pitoyable et égocentrique dont le seul titre de gloire est d'avoir été la petite amie de Neely Crenshaw.
— Oui, mais quelles jambes !

Ils échangèrent un sourire qui se prolongea. La serveuse apporta les pancakes et les saucisses ; elle leur reversa du café. Paul couvrit son assiette de sirop d'érable et reprit le fil de son récit.

— Il y a deux ans, je suis allé à Las Vegas avec Mona pour un colloque. Mona s'ennuyait : elle est partie se coucher. Avant de la rejoindre, assez tard, j'ai fait un tour sur le Strip. Je suis entré dans un des vieux casinos. Devine qui j'ai vu ?

— Tessa Canyon...

— Elle préparait un cocktail en tenue d'hôtesse... tu sais le petit costume moulant, échancré très bas sur les seins et très haut sur les cuisses. Cheveux décolorés, grosse couche de maquillage, dix kilos de trop. Je l'ai observée un moment sans qu'elle me voie. Elle faisait bien plus de trente ans. Son comportement m'intriguait. Quand elle approchait des tables de ses clients, un sourire se plaquait sur son visage et elle roucoulait. J'entendais presque ses : « Emmène-moi dans ta chambre. » Elle faisait du rentre-dedans à des soiffards, elle flirtait sans vergogne. L'image d'une femme qui a besoin d'être aimée.

— J'ai fait ce que je pouvais.

— C'était navrant...

— Tu comprends pourquoi je l'ai laissée tomber. Elle ne viendra pas à l'enterrement, j'espère.

— Elle viendra peut-être. Si elle pense avoir une chance de te revoir, elle sera là. Mais elle est bien décatie et, pour elle, l'apparence est tout ce qui compte.

— Ses parents habitent encore ici?

— Oui.

Un petit homme rondouillard coiffé d'une casquette John Deere s'approcha lentement de leur table, comme s'il était en faute.

— Je voulais juste vous dire bonjour, Neely, commença-t-il, prêt à faire des courbettes. Je m'appelle Tim Nunley, je travaille au garage Ford, poursuivit-il en tendant une main hésitante, comme s'il craignait de se faire rembarrer. Je travaillais sur les voitures de votre père.

Neely lui serra la main en souriant.

— Je me souviens de vous.

C'était un pieux mensonge, mais Neely ne le regretta pas. Le visage de Nunley s'épanouit de joie, l'étreinte de sa main s'accentua.

— J'en étais sûr, fit-il, comme pour se justifier. Cela fait vraiment plaisir de vous revoir. Vous étiez le plus grand.

— Merci, fit Neely en prenant sa fourchette.

Nunley recula, presque obséquieux, puis il saisit sa veste et sortit.

Les conversations se poursuivaient en sourdine, comme si la veillée funèbre avait déjà commencé. Paul avala une grosse bouchée et se pencha vers Neely.

— Il y a quatre ans, nous avions une bonne équipe. Nous avions remporté les neuf premiers matches. J'étais ici, un vendredi matin, assis à cette table, mangeant la même chose. Tu ne devineras jamais sur quoi roulaient les conversations ce jour-là. La Série! Pas la série historique. Une nouvelle. On n'attendait que ça. Une saison sans défaite, une victoire de poule, même un championnat de l'État, ça ne vaut pas tripette. Ils veulent quatre-vingt, quatre-vingt-dix et pourquoi pas cent victoires d'affilée!

Neely lança un coup d'œil circulaire dans la salle et se retourna vers Paul.

— Je n'ai jamais compris, fit-il. Ce sont des gens simples : mécaniciens, camionneurs, courtiers d'assurances, ouvriers du bâtiment, un ou deux avocats ou banquiers. D'honnêtes citoyens, rien qui sorte de l'ordinaire. Personne ici n'est cousu d'or. Et pourtant il leur faut le championnat tous les ans.

— C'est vrai.
— Et pourquoi ?
— Pour avoir le droit de se vanter. De quoi d'autre pourraient-ils se vanter ?
— Pas étonnant que Rake ait été un dieu pour eux. Il a fait connaître leur ville.
— Mange un peu, fit Paul.

Un homme vêtu d'un tablier sale s'approcha de leur table ; il tenait à la main une enveloppe en papier kraft. Il se présenta : le frère de Maggie Renfrow et le cuisinier du restaurant. L'enveloppe contenait une photographie encadrée de format 20 x 24 de Neely sous le maillot de l'équipe de Tech.

— Maggie a toujours voulu vous la faire signer, expliqua-t-il.

C'était un superbe cliché de Neely en action, accroupi derrière son centre, indiquant une combinaison, analysant la position de la défense adverse, prêt à recevoir le ballon dès qu'il serait en jeu. Un casque violet était visible dans l'angle inférieur droit ; Neely reconnut la couleur de l'équipe d'A&M. La photographie – qu'il n'avait jamais vue – avait été prise quelques minutes avant sa blessure.

— Avec plaisir, fit-il en prenant le marqueur noir que lui tendait le cuisinier.

Il signa dans un angle et regarda longuement le visage du jeune et intrépide quarterback, une vedette qui suivait son cursus universitaire avant de rejoindre les rangs du football professionnel où il serait accueilli à bras ouverts. Il avait encore en mémoire le grondement de la foule, soixante-quinze mille spectateurs avides de victoire, fiers de leur équipe invaincue qui, pour la première fois depuis de longues années, comptait dans ses rangs un quarterback distingué au niveau national.

Neely sentit une bouffée de nostalgie monter en lui.

— Jolie photo, réussit-il à articuler.

Il la tendit au cuisinier qui s'empressa de la punaiser au mur, sous l'autre photographie en noir et blanc de Neely.

— Allons-nous-en, fit-il en s'essuyant les lèvres.

Il posa un billet sur la table et se dirigea sans attendre vers la porte du restaurant, Paul sur ses talons. Il distribua au passage quelques sourires polis et parvint à gagner la sortie sans qu'on l'arrête en chemin.

— Pourquoi es-tu si nerveux avec les gens d'ici? demanda Paul sur le trottoir.

— Je n'ai pas envie de parler de football, tu comprends? Pas envie de les entendre répéter que j'étais un grand joueur.

Ils s'engagèrent dans les rues peu fréquentées du centre-ville, passèrent devant l'église où Neely avait été baptisé, celle où Paul s'était marié et la jolie maison sur deux niveaux de la 10ᵉ Rue où Neely avait vécu de l'âge de huit ans à son départ pour l'université. Ses parents l'avaient vendue à un Yankee pur jus, envoyé du Nord pour prendre la direction de l'usine de papeterie. Ils passèrent devant la maison de Rake, au ralenti, comme si cela pouvait leur permettre d'avoir des nouvelles. L'allée était pleine de voitures, immatriculées pour la plupart dans d'autres États, sans doute celles de proches venus d'un peu partout. Ils longèrent ensuite le parc où, dès l'âge de dix ans, ils avaient joué au base-ball et au football dans les équipes de jeunes.

Des anecdotes remontaient à leur mémoire. L'une d'elles, qu'ils n'oublieraient jamais, mettait évidemment en scène Eddie Rake. Neely, Paul et quelques copains jouaient au football sur un terrain vague quand ils avaient remarqué un homme qui les observait de loin, du bord du terrain. À la fin de la partie, il s'était approché pour se présenter. En entendant le nom d'Eddie Rake, les garçons étaient restés bouche bée.

— Tu as un bon bras, petit, dit Rake à Neely, incapable d'articuler un mot. Tes pieds me plaisent bien aussi.

Tous les yeux s'étaient baissés pour regarder les pieds de Neely.

— Ta mère est aussi grande que ton père? poursuivit le coach.

— Presque, bredouilla Neely.

— Bien. Tu feras un grand quarterback dans l'équipe des Spartiates.

Rake avait adressé un sourire aux enfants avant de repartir. À l'époque, Neely avait onze ans.

Ils poursuivirent leur route et s'arrêtèrent à l'entrée du cimetière.

À l'approche du début de la saison 1992, l'inquiétude était grande à Messina. L'année précédente, l'équipe avait perdu trois matches, un désastre local amplement commenté chez Renfrow, aux déjeuners du Rotary et dans les bars à bière de la campagne environnante. Et cette équipe comptait peu d'élèves de terminale, ce qui était toujours mauvais signe. Quand des joueurs médiocres décrochaient leur bac, le soulagement était général.

Rake percevait certainement cette tension mais il faisait comme si de rien n'était. Il entraînait les Spartiates depuis trente-quatre ans et il avait tout vu. Son dernier titre, son treizième championnat de l'État, remontait à 1987. Quatre longues années de disette pour les supporters, même s'ils avaient déjà connu pire. Trop gâtés, ils voulaient cent victoires d'affilée ; Rake n'en avait cure.

L'équipe de 92, tout le monde le savait, manquait de joueurs de talent. L'unique vedette était l'ailier Randy Jaeger qui attrapait les rares ballons que le quarterback parvenait à lancer dans sa direction.

Dans une ville de la taille de Messina, le talent était cyclique. Dans les bonnes périodes, comme en 1987 avec Neely, Silo, Paul, Alonzo Taylor et quatre bûcherons vicieux en défense, l'équipe écrasait ses adversaires. Le génie de Rake était de savoir gagner avec des joueurs petits et lents, auxquels il faisait réussir de gros scores. Pour cela, il les faisait travailler dur ; rarement une équipe s'était entraînée avec autant d'intensité qu'en ce mois d'août 1992.

Un samedi après-midi, après une mauvaise séance, Rake remonta les bretelles à ses joueurs et les convoqua le lendemain matin au stade pour un entraînement supplémentaire. Le cas était rare, les diverses Églises de la ville étant réticentes. Le coach donna rendez-vous aux jeunes gens le dimanche, à huit heures, pour leur laisser le temps d'assister ensuite à l'office, s'ils en avaient encore la force. Rake leur reprochait un manque de condition physique, ce qui pouvait prêter à sourire, compte tenu des centaines de sprints que les joueurs de Messina avaient effectués à l'entraînement.

Short, épaulettes, chaussures de sport, casque, pas de contact, juste la condition physique. À huit heures du matin, il faisait 32 °C, l'air était humide et le ciel dégagé. Après quelques exercices d'assouplissement, les joueurs parcoururent quatre tours de piste en guise d'échauffement. Quand Rake donna l'ordre de faire quatre tours de plus, ils dégoulinaient de sueur.

Sur la liste des tortures les plus redoutées, juste derrière le marathon, figurait l'ascension des gradins. Tout le monde savait ce que cela représentait. Lorsque Rake hurla : « Gradins ! » la moitié des joueurs eut la tentation de plier bagage.

Pourtant, derrière Randy Jaeger, le capitaine, l'équipe au complet se mit en file pour trottiner sur la piste. Arrivé à la hauteur de la tribune des visiteurs, Jaeger poussa un portillon et commença à gravir les vingt rangs des gradins. Il longea ensuite la rampe métallique qui courait derrière le dernier rang de sièges et redescendit les rangs jusqu'à la section suivante de la tribune. Huit sections en tout. Revenir sur la piste, contourner l'en-but pour gagner la tribune opposée. Cinquante rangs cette fois, montée et descente des huit sections, puis un nouveau demi-tour de piste avant de recommencer.

Au terme de ce parcours éreintant, les joueurs de ligne se laissèrent glisser vers l'arrière du groupe, loin derrière Jaeger, apparemment inépuisable. Sur la piste. le sifflet autour du cou, Rake fulminait contre les traînards. Il aimait le bruit que faisaient les pieds de ses cinquante joueurs sur les marches de métal.

— Manque de condition physique, grommela-t-il d'une voix à peine audible. Jamais vu des lambins pareils!

Rake était connu pour ses marmonnements que tout le monde réussissait à entendre.

À la fin de la deuxième boucle, un tackle s'affaissa sur la pelouse et se mit à vomir. Les joueurs les plus lourds avaient de plus en plus de mal à suivre.

Scotty Reardon, un élève de seconde, faisait partie de l'« unité spéciale ». Son poids en ce mois d'août était de soixante-quatre kilos mais, au moment de l'autopsie, il n'en pesait plus que cinquante-neuf. Pendant la troisième boucle, il s'effondra entre le troisième et le quatrième rang de la tribune de Messina; il ne reprit jamais connaissance.

Comme c'était un dimanche matin et que l'entraînement était sans contact physique, les deux soigneurs, conformément aux instructions de Rake, étaient absents. Il n'y avait pas non plus d'ambulance dans l'enceinte du stade. Les joueurs devaient raconter par la suite que Rake avait gardé la tête de Scotty sur ses genoux tout le temps qu'ils avaient attendu l'ambulance. Mais le garçon était déjà mort. À l'hôpital, on n'avait pu que constater le décès par insolation.

Paul faisait le récit du drame en suivant les allées sinueuses et ombragées du cimetière. Dans une section récente, sur le flanc d'un coteau escarpé, les allées étaient mieux alignées, les pierres tombales plus petites. Paul en indiqua une de la tête. Neely se pencha pour lire l'inscription : Randall Scott Reardon. 20 juin 1977 – 21 août 1992.

— C'est là que Rake sera enterré ? demanda Neely en montrant l'espace vacant attenant à la sépulture de Scotty.

— S'il faut en croire la rumeur publique.

— Cette ville n'est pas à une rumeur près.

Ils firent quelques pas pour aller s'asseoir sur un banc en fer forgé, sous un ormeau.

— Qui a eu le cran de le virer ? s'enquit Neely en tournant la tête vers la tombe de Scotty.

— Rake n'a pas eu de chance. La famille de Scotty avait gagné de l'argent dans le commerce du bois. Son oncle, John Reardon, avait été élu directeur de la commission de l'Éducation en 1989. Très bien considéré, politicien rusé, il était le seul à avoir l'autorité pour balancer Eddie Rake. Il ne s'en est pas privé. À Messina, tu t'en doutes, on a été bouleversé par la mort de Scotty et, quand les détails ont été connus, certains ont commencé à râler contre Rake et ses méthodes.

— Il aurait pu tous nous tuer.

— Une autopsie a été pratiquée le lundi : le résultat a confirmé que Scotty était mort d'une insolation. Pas d'antécédents pathologiques. Un garçon de quinze ans en parfaite santé est parti de chez lui un dimanche matin, à sept heures trente, pour une séance d'entraînement dont il n'est pas revenu. Pour la première fois dans l'histoire de notre ville les gens se sont posé la question : pourquoi fait-on courir des lycéens dans une atmosphère d'étuve jusqu'à ce qu'ils rendent tripes et boyaux ?

— La réponse ?

— Rake n'avait pas de réponse. Rake ne donnait aucune explication. Rake se terrait chez lui en attendant que les choses se tassent. Des tas de gens, nombre de ceux qui avaient joué dans ses équipes en particulier, se disaient que le drame était prévisible. Mais les irréductibles soutenaient que Scotty n'était pas assez résistant pour devenir un bon Spartiate. La population était partagée ; chacun campait sur ses positions.

— Ce Reardon me plaît, glissa Neely.

— Il n'y est pas allé par quatre chemins : il a appelé Rake le lundi soir pour lui annoncer qu'il était viré. Le lendemain, branle-bas de combat. Rake, comme tu peux t'en douter, ne supportait pas l'idée de perdre. Il a passé la journée au téléphone pour alerter les supporters.

— Il n'avait pas de remords ?

— Comment savoir ce qu'il ressentait ? Les obsèques ont été un véritable cauchemar : les copains de Scotty étaient en pleurs, certains tombaient dans les pommes. Les joueurs portaient le maillot vert des Spartiates. La fanfare est venue jouer ici, au moment de l'inhumation. On observait Rake ; il avait l'air accablé.

— Quel comédien !

— Bien sûr. Sa révocation renforçait encore l'atmosphère de drame. Il y avait de l'émotion, tu peux me croire.

— Je regrette d'avoir raté ça.

— Où étais-tu ?

— L'été 1992 ? Dans l'Ouest canadien, probablement à Vancouver.

— Les supporters ont essayé d'organiser une réunion de soutien dans le gymnase du lycée, le mercredi. Reardon leur a demandé de trouver un autre lieu ; ils se sont rabattus sur le foyer des anciens combattants. Quelques exaltés ont menacé de ne plus rien payer, de boycotter les matches, de manifester devant le bureau de Reardon et même d'ouvrir un nouveau lycée qu'ils voulaient sans doute dédier à Eddie Rake.

— Il a assisté à cette réunion ?

— Penses-tu ! Il a envoyé Rabbit. Il préférait rester chez lui pendu au téléphone. Il croyait sincèrement avoir assez d'influence pour récupérer son poste. Mais Reardon demeurait inébranlable. Il est allé voir les assistants de Rake et a d'abord offert le poste d'entraîneur en chef à Snake Thomas. Snake a refusé ; Reardon l'a viré. Donnie Malone a refusé ; Reardon l'a viré. Quick Upchurch a refusé ; Reardon l'a viré.

— Ce type me plaît de plus en plus.

— Pour finir, les frères Griffin ont accepté d'assurer l'intérim jusqu'à l'arrivée d'un nouveau coach. Ils avaient joué avec Rake à la fin des années 70...

— Je me souviens d'eux. Ceux de la ferme des pacaniers.

— C'est ça. Bon joueurs, très sympas. Comme Rake n'avait jamais rien changé, ils connaissaient le système de jeu, les tactiques et la plupart des joueurs. Un boycott avait été décidé pour le match d'ouverture de la saison, contre Porterville, mais personne n'a eu le cran de manquer la rencontre. Les partisans de Rake, sans doute la majorité, tenaient à voir l'équipe se faire étriller alors que les vrais supporters étaient venus l'encourager. Il y avait un monde fou ; les spectateurs avaient choisi leur camp et hurlaient à pleins poumons. Les joueurs étaient remontés : ils l'ont emporté largement et ont dédié leur victoire à Scotty. Une belle soirée. Triste à cause de Scotty et parce que l'époque de Rake entrait dans le passé. Mais la victoire fait oublier tout le reste.

— Ce banc est trop dur, fit Neely en se levant. Marchons un peu.

— Rake avait engagé un avocat et intenté une action en recours, poursuivit Paul. Reardon ne voulait rien savoir. Les braves gens de Messina restaient partagés mais se retrouvaient malgré tout au stade le vendredi soir. Les joueurs montraient qu'ils avaient quelque chose dans le ventre. Quelques années plus tard, l'un d'eux m'a avoué qu'il était soulagé de jouer pour le plaisir et non plus par peur.

— Ce doit être merveilleux.
— Nous n'avons jamais connu ça.
— Jamais.
— Ils ont remporté leurs neuf premiers matches. Avec leur amour-propre et leurs tripes. On commençait à parler du titre, d'une nouvelle Série, d'une grosse somme versée aux Griffin pour instaurer une ère nouvelle. Qu'est-ce qu'on n'a pas entendu!
— Et ils ont perdu?
— Bien sûr. C'est le football. Une bande de gamins qui commencent à avoir la grosse tête et finissent par prendre une dérouillée.
— Qui les a battus?
— Hermantown.
— Non, pas possible! Ils n'ont qu'une équipe de basket!
— Cela s'est passé ici, devant dix mille spectateurs. Le plus mauvais match que j'aie jamais vu. Plus d'amour-propre, plus de tripes. Finis les espoirs de Série et de titre! Finis les Griffin! Rendez-nous Eddie Rake! Tout allait à peu près bien quand la victoire était là; il a suffi d'une seule défaite pour que Messina se trouve véritablement coupée en deux. Pour longtemps. Nous avons encore perdu la semaine suivante et laissé échapper la qualification pour la phase finale. Les Griffin ont aussitôt rendu leur tablier.
— Sage décision.
— Ceux qui avaient joué avec Rake se sont trouvés entre deux feux. On leur demandait dans quel camp ils étaient. Pas question de ménager la chèvre

et le chou, il fallait se prononcer : on était pour ou contre Rake.

— Et toi ?

— J'ai refusé de prendre parti et tout le monde m'est tombé dessus. L'affaire a dégénéré. Il y a toujours eu un petit groupe de gens qui s'opposait à ce que le lycée dépense plus pour le football que pour les sciences et les maths réunies. On affrétait des cars pour nous alors que les joueurs des autres établissements scolaires se faisaient transporter par leurs parents. Pendant des années, les filles n'ont pas eu de terrain de soft-ball alors que nous avions non pas un mais deux terrains d'entraînement. Le club de latin a gagné un séjour à New York mais n'a pas pu se payer le voyage alors que, la même année, l'équipe de football a pris le train pour aller assister au Super Bowl, à La Nouvelle-Orléans. La liste est longue. Après le départ de Rake, les mécontents ont fait entendre leur voix : l'occasion était trop belle. Les inconditionnels du football ont résisté : ils exigeaient le retour de Rake, ils voulaient des victoires. Les anciens joueurs devenus étudiants, censés être des esprits éclairés, étaient sollicités par les deux camps.

— Et alors ?

— La situation est restée bloquée plusieurs mois. Reardon a déniché un pauvre bougre de l'Oklahoma qui voulait devenir entraîneur et lui a refilé le poste de Rake. Malheureusement pour lui, 1993 était une année d'élections ; le micmac de la succession du coach s'est transformé en une grande bataille politique. Le bruit a couru que Rake en personne allait se présenter contre Reardon. S'il était élu, il reprendrait son poste d'entraîneur et tant pis pour les grincheux. On racontait aussi que le père de Scotty était disposé à dépenser un million de dollars pour assurer la réélection de Reardon, son frère. Et ainsi de suite. Les coups bas pleuvaient avant même le début de la campagne, au point que les partisans de Rake ont eu toutes les peines du monde à trouver un candidat.

— Qui s'est présenté ?
— Dudley Bumpus.
— Un nom prometteur.
— Il n'avait que ça pour lui. Un agent immobilier du coin, un noceur qui la ramenait chez les supporters. Aucune expérience en politique ni dans l'enseignement. Études secondaires bâclées. Une mise en examen sans condamnation. Un perdant qui a failli gagner.

— Reardon l'a emporté ?
— De soixante voix. Le taux de participation le plus élevé dans l'histoire du comté : près de quatre-vingt-dix pour cent des inscrits. Un combat sans merci. Quand le résultat a été proclamé, Rake s'est bouclé chez lui et personne ne l'a vu pendant deux ans.

Ils s'arrêtèrent devant une rangée de sépultures. Paul examina quelques pierres tombales, trouva celle qu'il cherchait.

— Regarde, fit-il. David Lee Goff. Le premier Spartiate tombé au Vietnam.

Neely se pencha. Il y avait une photographie incrustée dans le marbre. David Lee, qui ne faisait pas plus de seize ans, posait non pas en uniforme mais dans son maillot vert des Spartiates, le numéro 22. Né en 1950. Mort en 1968, au champ d'honneur.

— Je connais son petit frère, reprit Paul. David Lee a eu son bac en mai et a fait ses classes en juin. Il est arrivé au Vietnam en octobre et s'est fait tuer fin novembre, le lendemain de Thanksgiving. À dix-huit ans et deux mois.

— Deux ans avant notre naissance.

— Oui. Il y en a un autre. Qu'on n'a jamais retrouvé. Un Noir, Marvin Rudd, porté disparu en 1970.

— Rake nous a parlé de lui, fit Neely. Je m'en souviens.

— Il l'aimait beaucoup. Les parents de Marvin assistent encore à tous les matches; on se demande à quoi ils pensent.

— J'en ai assez de parler de morts, soupira Neely. Allons-nous-en.

Neely n'avait jamais vu une librairie à Messina ni connu un endroit où on pouvait boire un espresso ou bien acheter du café en grains du Kenya. On trouvait maintenant tout cela Chez Nat, ainsi que des revues, des cigares, des CD, des cartes de vœux osées, des plantes médicinales d'origine indéterminée, des sandwiches et des potages végétariens. C'était aussi le rendez-vous des poètes, des chanteurs de folk de passage et des quelques prétendus marginaux de la ville. La boutique donnait sur la grand-place, à quelques dizaines de mètres de la banque de Paul ; elle avait remplacé la graineterie que Neely avait connue quand il était gamin. Paul ayant quelques clients à recevoir, Neely se retrouva seul pour l'explorer.

Nat Sawyer était le plus mauvais botteur de l'histoire des Spartiates. Sa distance moyenne par coup de pied restait si faible que personne ne l'avait même jamais approchée et il lâchait si souvent le ballon sur la mise en jeu que Rake décidait le plus souvent de ne pas dégager au pied en quatrième tentative, quelle que soit la distance restant à parcourir. Avec un quarterback comme Neely, un bon botteur n'était pas indispensable.

En deux occasions, pendant leur dernière saison, Nat avait même complètement raté la balle, ce qui avait produit des séquences vidéo particulièrement appréciées. Le second ratage – plus précisément deux coups manqués dans la même action de jeu – avait eu pour résultat une course victorieuse de quatre-vingt-quatorze yards qui, d'après la bande vidéo, avait duré dix-sept secondes et trois dixièmes. Le film était désopilant. Dans son propre en-but, Nat avait reçu le ballon sur la mise en jeu ; trop fébrile, il l'avait lâché et avait tapé dans le vide avant de se faire percuter par deux défenseurs de Grove City. Voyant le ballon rouler tranquillement tout près de lui, Nat avait rassemblé ses esprits ; il l'avait ramassé et s'était mis à courir. Étourdis, les deux défenseurs lui avaient donné la chasse avec un temps de retard. Nat avait tenté un dégagement au pied. Après avoir encore une fois raté le ballon, il l'avait ramassé et poursuivi sa course. La vue de cette gazelle disgracieuse, fuyant comme un animal terrifié avait pétrifié les joueurs des deux équipes. Silo Mooney affirmerait par la suite qu'il riait si fort qu'il n'avait rien pu faire pour protéger son botteur. Il jura avoir entendu des rires jaillir des casques de ses adversaires. En visionnant la bande vidéo, les entraîneurs comptèrent dix plaquages ratés. Quand Nat atteignit enfin l'en-but adverse, il jeta violemment le ballon au sol, arracha son casque et se précipita vers la tribune pour permettre à ses supporters de l'admirer de plus près.

Rake lui décerna le prix du touchdown le plus affreux de l'année.

En seconde, Nat avait essayé de jouer au poste d'arrière mais il ne savait pas courir et détestait botter. L'année suivante, il avait essayé le poste de receveur mais quand Neely l'avait touché à l'estomac avec une passe tendue, il avait mis cinq minutes à reprendre son souffle. Peu de joueurs de Messina avaient été pourvus de si piètres qualités ; aucun n'avait eu aussi piètre allure dans la tenue des Spartiates.

Dans la devanture remplie de livres, une affichette indiquait que l'on servait du café et le petit déjeuner. La porte grinça, une cloche fit entendre un son grêle ; Neely eut l'impression d'avoir remonté le temps. Quand une bouffée d'encens lui chatouilla les narines, il sut que Nat était là. Une pile de livres sous le bras, le propriétaire s'avança entre deux étagères croulant sous le poids de leur charge et s'adressa en souriant à ce client inconnu.

— Bonjour. Vous cherchez quelque chose ?

Il s'immobilisa d'un seul coup et lâcha les livres qu'il tenait.

— Neely Crenshaw !

Nat s'élança vers lui comme le lourdaud qu'il avait été sur le terrain et l'étreignit gauchement en lui donnant un coup de coude dans le biceps.

— Quel bonheur de te voir ! s'écria-t-il, les yeux embués de larmes.

— C'est un plaisir, Nat, fit Neely, légèrement embarrassé.

Par chance, il n'y avait qu'un seul autre client dans la librairie.

— Ce sont mes boucles d'oreilles que tu regardes ? reprit Nat en faisant un pas en arrière.

— Oui, je vois que tu en as toute une collection.

À chaque oreille pendaient cinq ou six anneaux d'argent.

— Le premier homme de Messina à porter des bijoux. Qu'est-ce que tu dis de ça ? Et une queue-de-cheval. Le premier commerçant de la place qui soit ouvertement gay. Tu n'es pas fier de moi ?

Nat secoua sa longue chevelure noire.

— Très fier, Nat. Tu es superbe.

Nat l'inspectait de la tête aux pieds, les yeux étincelants, peut-être sous l'effet de ses propres espressos.

— Et ton genou ? reprit-il en lançant des coups d'œil furtifs autour de lui, comme si la blessure devait rester secrète.

— Foutu.

— Ce salopard a fait un plaquage à retardement. Je l'ai vu.

Nat parlait avec l'autorité de quelqu'un qui se trouvait ce jour-là tout près de l'action.

— C'est arrivé il y a bien longtemps, Nat. Dans une autre vie.

— Veux-tu un café ? J'en ai un en provenance du Guatemala qui donne une de ces pêches !

Ils zigzaguèrent entre les rayonnages et les présentoirs pour gagner le fond de la boutique. Nat s'élança au pas de course derrière un comptoir encombré et commença à manipuler différents ustensiles. À califourchon sur un tabouret, Neely l'observa : rien de ce qu'il faisait n'était gracieux.

— On dit qu'il n'en a plus que pour vingt-quatre heures, lâcha Nat en rinçant un petit récipient.

— Il faut toujours croire les rumeurs, dans cette ville. Surtout quand il s'agit de Rake.

— Non, cela vient de quelqu'un de la maison.

À Messina, le plus difficile n'était pas d'être informé des derniers potins mais de disposer d'une source fiable.

— Tu veux un cigare ? J'ai des havanes de contrebande. Tu m'en diras des nouvelles !

— Merci, je ne fume pas.

— Quel genre de boulot fais-tu ? lança Nat par-dessus son épaule en versant de l'eau dans un percolateur.

— Je suis dans l'immobilier.

— Voilà qui est original.

— Ça paie les factures. Tu as une jolie boutique, Nat. Paul m'a dit que tu te débrouillais bien.

— J'essaie seulement d'introduire un peu de culture dans ce désert. Paul m'a prêté trente mille dollars pour lancer mon affaire. Incroyable, non ? Je n'avais que quelques idées et huit cents dollars en poche. Et ma mère, bien sûr. Elle était prête à me soutenir.

— Comment va-t-elle ?

— Très bien, merci. Elle refuse de vieillir ; elle est toujours institutrice.

Tandis que le café passait, Nat s'adossa à un petit évier en lissant sa grosse moustache.

— Rake va mourir, Neely. Comment peut-on imaginer Messina sans Eddie Rake ? Il a commencé à entraîner nos équipes il y a quarante-quatre ans. La moitié de la population de cette ville n'était pas née.

— Tu le voyais ?

— Il venait souvent ici, mais, quand il est tombé malade, il s'est terré chez lui. Personne ne l'a vu depuis six mois.

— Rake venait ici ?

— Il a été mon premier client. Il m'a encouragé à ouvrir la boutique ; ne crains rien, travaille plus que les autres, ne baisse jamais les bras, le topo qu'il nous faisait à la mi-temps. Les premiers temps, il aimait venir le matin boire un café. Il devait se dire qu'il ne risquait rien, car il n'y avait pas grand monde. La plupart des péquenauds du coin croyaient qu'il leur suffirait de pousser la porte pour attraper le sida.

— Quand as-tu ouvert ta boutique ?

— Il y a sept ans et demi. Les deux premières années, je n'ai pas gagné de quoi payer la facture d'électricité et puis, petit à petit, j'ai vu les clients arriver. Le bruit s'était répandu que Rake était un habitué ; la curiosité a fait le reste.

— Je crois que le café est prêt, fit Neely quand la machine se mit à siffler. Pour ma part, je n'ai jamais vu Rake lire un livre.

Nat versa le café dans deux petites tasses, prit des soucoupes et posa le tout sur le comptoir.

— Il a l'air fort.

— On ne devrait en prendre que sur ordonnance. Rake m'a demandé un jour de lui conseiller quelque chose à lire. Je lui ai donné un roman de Raymond Chandler. Il est revenu le lendemain en prendre un autre : il avait beaucoup aimé. Après, il est passé à Dashiell Hammett, puis il est devenu fana d'Elmore Leonard. J'ouvre à huit heures, ce qui est rare pour une librairie. Rake passait tôt, une ou deux fois par semaine ; nous nous asseyions là-bas, dans le coin, pour parler de livres. Jamais de football ni de politique, jamais des nouvelles locales. Rien que des livres, surtout des polars qu'il adorait. Quand il entendait la cloche de la porte, il sortait en douce par derrière et rentrait chez lui.

— Pourquoi ?

Nat leva sa tasse de café qui disparut dans les profondeurs de la moustache touffue.

— Nous n'en parlions pas beaucoup mais je sais que Rake n'a jamais digéré de s'être fait virer comme un malpropre. Il est fier, comme il nous a appris à l'être. Ça ne l'empêchait pas de se sentir responsable de la mort de Scotty. Des tas de gens lui en voulaient et lui en voudront encore après sa mort. C'est dur à supporter... Tu aimes mon café ?

— Très fort. Tu le regretteras ?

Nat prit une petite gorgée de café avant de répondre.

— Comment ne pas regretter Rake quand on a joué pour lui. Je revois son visage tous les jours, j'entends sa voix, je sens sa sueur. Je n'ai pas oublié les coups qu'il me donnait. Je sais imiter ses bougonnements, ses engueulades. Je me souviens des quarante combinaisons et des trente-huit matches où j'ai porté le maillot des Spartiates. Mon père est mort il y a quatre ans; je l'aimais beaucoup. C'est difficile à dire mais il a eu moins d'influence sur moi qu'Eddie Rake.

Nat interrompit ses réflexions, le temps de verser deux autres cafés.

— Plus tard, reprit-il, quand j'ai ouvert la librairie, j'ai connu un homme différent de la légende. Je n'avais plus à redouter qu'il me passe un savon pour avoir mal joué et j'ai été pris pour lui d'une profonde affection. Eddie Rake n'est pas un être chaleureux mais il est humain. Il a énormément souffert après la mort de Scotty et il n'avait personne pour l'aider. Il priait souvent, il allait à l'église tous les jours. Je crois que la lecture lui a beaucoup apporté; c'était un monde nouveau pour lui. Il s'est plongé dans les livres, des centaines de livres, des milliers peut-être. Oui, je regrette nos conversations sur les livres et sur les auteurs, qui lui évitaient de parler de football.

La cloche tinta à l'entrée de la boutique. Nat ne fit pas mine de se lever.

— Ils nous trouveront bien, fit-il. Tu veux un muffin ou autre chose?

— Merci. J'ai déjeuné chez Renfrow. Rien n'a changé là-bas. Ni l'odeur de friture, ni le menu, ni les mouches.

— Ni les clients qui râlent devant leur café parce que l'équipe a perdu un match.

— C'est vrai. Il t'arrive d'aller au stade ?

— Non. Quand on est le seul homo déclaré dans une ville comme celle-ci, on ne recherche pas la foule. Les gens me dévisagent, me montrent du doigt, se parlent à voix basse, serrent leurs enfants contre eux. J'ai l'habitude, bien sûr, mais je préfère éviter ces situations gênantes. Si j'y allais seul, ce ne serait pas très drôle ; si j'y allais avec un ami, le jeu s'arrêterait. Tu m'imagines arrivant la main dans la main avec un joli garçon ? On nous lapiderait.

— Comment as-tu réussi à afficher ton homosexualité dans cette ville ?

Nat posa son café et plongea les mains dans les poches de son jean au pli impeccable.

— Ça ne s'est pas passé ici. Après le bac, je suis parti à Washington où il ne m'a pas fallu longtemps pour découvrir qui j'étais et ce que j'étais. Il n'y a pas eu de secret honteux ; je me suis pleinement assumé. J'ai trouvé un boulot dans une librairie et j'ai appris le métier. J'ai fait la fête pendant cinq ans, j'ai pris mon pied et puis je me suis lassé de la grande ville. Pour ne rien te cacher, j'avais le mal du pays. La santé de mon père se dégradait ; il fallait que je revienne. J'ai eu une longue conversation avec Rake. Je lui ai dit la vérité. Il a été le premier à qui je me suis confié, à Messina.

— Comment a-t-il réagi ?

— Il a dit qu'il ne savait pas grand-chose sur les homosexuels mais que, si j'avais découvert qui j'étais, le reste n'avait pas d'importance. « Vis ta vie, mon garçon. Certains te détesteront, d'autres t'aimeront, la plupart ne savent pas à quoi s'en tenir. À toi de jouer. »

— C'est tout lui, ça.

— Il m'a donné le courage dont j'avais besoin et m'a convaincu d'ouvrir cette librairie. Quand j'ai eu la certitude de ne pas avoir fait une erreur colossale, Rake a commencé à passer régulièrement et le bruit s'est répandu qu'il fréquentait la librairie... J'en ai pour une seconde, ne pars pas.

Nat se dirigea vers la porte où une vieille dame attendait. Il la salua d'une voix très douce et ils se mirent aussitôt en quête d'un ouvrage.

Neely passa derrière le comptoir pour se servir un autre café.

— C'était Mme Underwood, annonça Nat à son retour. Elle tenait la teinturerie.

— Je me souviens d'elle.

— Elle a au moins cent dix ans et elle aime les romans érotiques. Tu imagines un peu ? On apprend des tas de choses croustillantes quand on tient une librairie. Elle pense pouvoir acheter tranquillement ce qu'elle a envie de lire parce que j'ai mes propres secrets. Il faut dire qu'à cent dix ans, elle doit se moquer du qu'en-dira-t-on.

Nat posa un énorme muffin à la myrtille sur une assiette qu'il fit glisser sur le comptoir.

— Sers-toi, fit-il en coupant le petit pain en deux.
— C'est toi qui l'as fait ? demanda Neely en prenant une petite bouchée.
— Tous les matins. En quelque sorte... Je les achète surgelés et je les mets au four. Personne ne voit la différence.
— Pas mauvais. Tu vois Cameron de temps en temps ?

Nat cessa de mastiquer et lança à Neely un regard intrigué.

— Pourquoi veux-tu savoir ce que devient Cameron ?
— Vous étiez proches. J'aimerais avoir de ses nouvelles.
— J'espère que tu as toujours ce poids sur la conscience.
— Oui.
— Bien. J'espère que c'est douloureux.
— Ça dépend. Parfois.
— Nous nous écrivons. Elle va bien : elle vit à Chicago, elle est mariée, elle a deux petites filles. Pourquoi me demandes-tu ça ?
— Allons, Nat, je ne peux pas demander des nouvelles d'une camarade de classe ?
— Pourquoi elle, en particulier ?
— N'en parlons plus.
— Si, je veux savoir. Pourquoi demandes-tu des nouvelles de Cameron ?

Neely rassembla quelques miettes du muffin et les mit dans sa bouche.

— Bon, fit-il avec un haussement d'épaules et un petit sourire. Je pense à elle.

— Et à Screamer ?

— Comment pourrais-je l'avoir oubliée ?

— Tu as préféré la fille qui en mettait plein la vue et la satisfaction immédiate. À long terme, ce n'était pas le bon choix.

— J'étais jeune et stupide, je l'avoue. Mais j'ai pris mon pied.

— Tu étais la vedette, Neely, toutes les filles du lycée étaient à tes pieds. Tu as largué Cameron pour une bombe sexuelle. Je t'en ai voulu à mort.

— Tu parles sérieusement ?

— Je t'ai haï. Je connaissais Cameron depuis la maternelle, avant que tu arrives à Messina. Elle savait que j'étais différent et elle m'a toujours protégé. J'ai essayé, moi aussi, de la protéger, mais elle est tombée amoureuse de toi. Une grave erreur. Screamer a décidé qu'elle séduirait la vedette et elle a fait ce qu'il fallait pour cela. Tu étais cuit ; Cameron s'est fait lourder.

— Pardonne-moi d'avoir abordé ce sujet.

— C'est ça, parlons d'autre chose.

Un long silence suivit pendant qu'ils cherchaient un autre sujet de conversation.

— Attends de la voir, reprit Nat.

— Elle est belle ?

— Screamer a l'air d'une poule de luxe vieillissante, ce qu'elle est certainement. Cameron, elle, a de l'allure.

— Tu crois qu'elle va venir ?

— Probablement. N'oublie pas que miss Lila lui a donné des leçons de piano pendant des années.

Neely n'avait rien de particulier à faire mais il regarda sa montre comme s'il avait un rendez-vous.

— Il faut que j'y aille, Nat. Merci pour le café.

— Merci d'être passé, Neely. Cela m'a vraiment fait plaisir.

Ils traversèrent la boutique en suivant le dédale de rayonnages.

— Écoute, Nat, fit Neely devant la porte, je pense que nous serons nombreux ce soir à nous rassembler dans les gradins. Une sorte de veillée. Bières et souvenirs d'anciens combattants. Tu ne veux pas venir ?

— Cela me ferait plaisir. Merci.

Au moment où Neely ouvrait la porte, Nat le saisit par le bras.

— J'ai menti, déclara-t-il. Je ne t'en ai jamais voulu à mort.

— Tu aurais dû.

— Personne ne te détestait, Neely. Tu étais notre vedette.

— C'est le passé, Nat.

— Pas aussi longtemps que Rake sera en vie.

— Dis à Cameron que j'aimerais la voir. J'ai quelque chose à lui dire.

Avec un sourire poli, la secrétaire fit glisser un formulaire sur le comptoir. Neely inscrivit son nom, la date et l'heure ; il indiqua qu'il venait voir Bing Albritton, l'indéboulonnable entraîneur de l'équipe féminine de basket. La secrétaire examina l'imprimé sans reconnaître ni le nom ni le visage du visiteur.

— Il doit être dans le gymnase, fit-elle.

Sa collègue, assise au bureau voisin, leva les yeux; elle ne reconnut pas non plus Neely Crenshaw.

C'était mieux ainsi.

Dans les couloirs vides du lycée, les portes des salles de classe étaient fermées. Les casiers étaient à la même place, la couleur des murs n'avait pas changé. Mêmes parquets luisants de couches de cire superposées, même odeur tenace de désinfectant en provenance des toilettes. S'il entrait dans celles des garçons, il retrouverait le bruit de l'eau dans les lavabos, les relents d'une cigarette fumée en cachette, la rangée d'urinoirs souillés, peut-être même les éclats de voix d'un règlement de comptes entre deux loubards. En passant devant la classe où miss Arnett lui avait enseigné l'algèbre, il jeta un coup d'œil par la vitre étroite de la porte. Il aperçut son ancienne prof, avec quinze ans de plus, assise sur le coin du même bureau, enseignant les mêmes formules.

Comment cela pouvait-il faire quinze ans? Il eut fugitivement l'impression d'être redevenu le lycéen de dix-huit ans qui détestait autant l'algèbre que la littérature et qui pouvait se le permettre puisqu'il ferait fortune sur les terrains de football. À la pensée de ces quinze années si vite écoulées, il sentit la tête lui tourner.

Il croisa dans le couloir le vieux monsieur qui faisait le ménage dans le lycée depuis sa construction. L'espace d'un instant, il donna l'impression de reconnaître Neely, puis il détourna le regard et lança un bonjour à mi-voix.

L'entrée principale de l'établissement donnait sur un vaste atrium moderne, bâti l'année où Neely était en première. Cette cour intérieure reliait les deux bâtiments plus anciens composant le lycée et donnait accès au gymnase. Les murs étaient ornés de photographies des élèves de terminale, dont certaines remontaient aux années 20.

Le basket était un sport de second ordre à Messina mais, grâce au football, la population avait pris goût à la victoire et attendait que les équipes de toutes les disciplines se hissent au meilleur niveau. À la fin des années 70, Rake avait décrété que le lycée avait besoin d'un nouveau gymnase. Messina s'enorgueillissait depuis de posséder la plus belle salle de basket-ball scolaire de tout l'État. L'entrée ressemblait à un sanctuaire.

Au centre trônait une vitrine coûteuse et massive dans laquelle Rake avait soigneusement disposé ses treize trophées. Treize titres conquis entre 1961 et 1987. Derrière chaque coupe s'étalait une grande photographie de l'équipe avec la liste des scores et des coupures de journaux assemblées en collage. Il y avait des ballons signés et quelques maillots retirés, dont le numéro 19. Et quantité de photos de Rake. Aux côtés de deux gouverneurs ou en compagnie de grands joueurs, Johnny Unitas, lors d'une réception hors saison, et Roman Armstead, juste après un match des Packers de Green Bay.

Neely s'absorba plusieurs minutes dans la contemplation de ces trophées qu'il connaissait bien. C'était à la fois un hommage rendu à un entraîneur exceptionnel et à ses joueurs, et la triste évocation d'un temps révolu. Il avait entendu quelqu'un dire un jour que le cœur de la ville battait dans cette vitrine. En réalité, il s'agissait plutôt d'une châsse, d'un autel dédié à Eddie Rake, devant lequel ses adeptes venaient rendre leur culte.

Plusieurs autres vitrines étaient disposées le long des murs, de part et d'autre de la porte du gymnase. Des ballons venus de saisons moins glorieuses y étaient exposés ainsi que des trophées modestes remportés par des équipes de sports moins en vue. Pour la première fois, Neely éprouva un serrement de cœur pour les lycéens qui, malgré leurs efforts et leurs succès, n'avaient pu marquer les esprits, pour la seule raison qu'ils pratiquaient une autre discipline que le football.

Le football était roi à Messina et cela ne changerait jamais. Il apportait la gloire et permettait de payer les factures. Point final.

Une sonnerie au timbre familier retentit près de Neely, ramené brutalement à la réalité. Quinze années avaient passé; il n'avait rien à faire là. En repartant vers l'atrium, il fut pris dans le flot bruyant et impétueux du dernier changement de classe de la matinée. Les couloirs grouillaient de jeunes gens qui se bousculaient, hurlaient, claquaient les portes des casiers, dépensaient enfin l'énergie qu'ils avaient contenue pendant cinquante minutes. Personne ne reconnut Neely.

Un grand garçon musculeux au cou de taureau faillit buter contre lui. Il portait la veste vert et blanc des Spartiates ornée du monogramme du lycée, un signe extérieur de réussite sans égal à Messina. Il avait la démarche assurée de celui qui parcourt son royaume. Il avait raison, même s'il ignorait que son règne finirait bientôt. Il imposait le respect, il forçait l'admiration. Les filles lui souriaient, les garçons s'écartaient à son passage.

Reviens dans quelques années, mon grand, pensa Neely. Plus personne ne se souviendra de ton nom. Ta fabuleuse carrière se résumera à quelques lignes écrites au bas d'une liste. Toutes ces jolies petites nanas seront devenues des mères de famille. Ta veste verte sera encore la source d'une grande fierté personnelle mais tu ne pourras plus la porter. Un souvenir du lycée. Un souvenir de ta jeunesse.

Pourquoi était-ce si important à cette époque de la vie ?

Neely se sentit brusquement très vieux. Il se glissa dans la foule et gagna la sortie.

En fin d'après-midi, il suivit lentement l'étroite route empierrée qui s'enroulait autour de Karr's Hill. Il se gara à un endroit où l'accotement s'élargissait. En contrebas, à deux cents mètres, se trouvaient les vestiaires des Spartiates. Plus loin, sur la droite, s'étendaient les deux terrains d'entraînement. L'équipe première en tenue complète s'entraînait sur le plus proche ; l'équipe de réserve répétait des schémas tactiques sur le second. Les coups de sifflet et les coups de gueule des entraîneurs montaient jusqu'à Neely.

Au volant d'une tondeuse John Deere vert et jaune, Rabbit allait et venait sur le terrain, comme tous les jours de mars à décembre. Près de la piste, derrière un banc de touche, les cheerleaders peignaient des pancartes pour le match du vendredi et s'exerçaient par petits groupes. Au fond de la zone d'en-but, la fanfare s'apprêtait à répéter.

Bien peu de choses avaient changé. Les entraîneurs, les joueurs, les filles aux longues jambes et les jeunes musiciens n'étaient plus les mêmes mais c'était toujours le stade des Spartiates, avec Rabbit sur sa tondeuse et la nervosité propre à l'approche du vendredi. Neely savait que, s'il revenait dix ans plus tard pour observer cette scène, le cadre et les figurants seraient toujours en place.

Ce serait une autre saison, une autre équipe.

Neely avait de la peine à imaginer que, tout près de l'endroit où il se trouvait, Eddie Rake en avait été réduit à regarder les matches de si loin qu'il avait besoin d'une radio pour suivre le jeu. Encourageait-il les Spartiates ou bien souhaitait-il en son for intérieur, par dépit, qu'ils perdent leurs matches ? Rake était porté à la rancune ; il était capable d'en vouloir à quelqu'un pendant des années.

Neely n'avait jamais connu la défaite sur ce terrain. En seconde, son équipe y était restée invaincue, la moindre des choses pour les supporters de Messina. Elle jouait le jeudi soir et attirait plus de spectateurs que la plupart des équipes premières dans d'autres villes. Les deux seules fois où il avait perdu, c'était en finale du championnat de l'État, les deux années sur le campus d'A&M. Une fois, en quatrième, son équipe avait été tenue en échec à domicile par Porterville, le plus mauvais résultat de Neely sur son stade.

Rake avait déboulé dans le vestiaire pour assener aux gamins de treize ans qu'ils étaient un sermon cinglant sur le sens du mot fierté chez les Spartiates. Puis il avait remplacé leur entraîneur.

Les souvenirs affluaient à l'esprit de Neely. Comme il n'avait aucun désir de revivre ces événements du passé, il mit le contact et démarra.

Un homme venu livrer une corbeille de fruits au domicile des Rake avait surpris une conversation entre deux proches. Toute la ville apprit en peu de temps que le coach avait atteint le point de non-retour.

À l'heure du crépuscule, la nouvelle se répandit dans les gradins où des joueurs de toutes générations s'étaient rassemblés par petits groupes. Quelques-uns restaient seuls, absorbés dans leurs souvenirs.

Paul Curry était là, en jean et sweat-shirt, avec deux grosses pizzas que Mona avait préparées pour que les hommes puissent passer la soirée entre eux. Silo Mooney avait apporté une glacière remplie de bières. Hubcap manquait à l'appel, ce qui n'étonnait personne. Les jumeaux Utley, Ronnie et Donnie, ayant appris que Neely était de retour, étaient venus du fin fond du comté. Quinze ans auparavant, au poste de linebacker, ils pesaient soixante-quinze kilos chacun. Ils étaient forts comme deux chênes.

La nuit venue, ils regardèrent Rabbit marcher en se déhanchant jusqu'au tableau de score et allumer les projecteurs sur le poteau sud-ouest. Rake était encore de ce monde mais sa vie ne tenait plus qu'à un fil. Des ombres s'étiraient sur le terrain. Les joggeurs avaient disparu ; la piste était vide. Des éclats de rire s'élevaient de loin en loin, venus d'un des groupes d'anciens joueurs disséminés dans les gradins : quelqu'un venait de raconter une vieille histoire. Les voix, cependant, restaient assourdies, contenues. Rake était inconscient, à l'article de la mort.

Nat Sawyer vint les rejoindre, un grand sac en bandoulière.

— Tu nous as apporté de la drogue, Nat ? lança Silo.

— Non, des cigares.

Silo fut le premier à allumer un havane, imité par Nat, Paul et enfin Neely. Ni tabac ni alcool pour les jumeaux Utley.

— Vous ne devinerez jamais ce que j'ai retrouvé, reprit Nat.

— Une petite copine ? suggéra Silo.

— Tais-toi, Silo.

Nat ouvrit son sac pour en sortir un gros lecteur de cassettes.

— Génial ! lança Silo. Du jazz, exactement ce qu'il me fallait.

— Pas du tout, fit Nat en montrant une cassette. C'est Buck Coffey commentant la finale de 87.

— Pas possible ! souffla Paul.

— Si. Je l'ai passée hier soir, pour la première fois depuis bien longtemps.

— Je ne l'ai jamais écoutée, fit Paul.

— Je ne savais pas qu'on enregistrait les matches, déclara Silo.

— Il y a des tas de choses que tu ne sais pas, observa Nat.

Il glissa la cassette dans son logement et commença à tourner les boutons.

— Si vous êtes d'accord, les gars, j'ai pensé qu'on pourrait sauter la première mi-temps.

Éclat de rire général, auquel Neely se joignit. Au cours de cette première mi-temps, quatre de ses passes avaient été interceptées et il avait perdu une fois le ballon. Les Spartiates étaient menés 31-0 par une éblouissante équipe d'East Pike.

La bande commença à défiler et la voix lente et râpeuse de Buck Coffey s'éleva dans le silence des gradins.

Ici Buck Coffey, sur le campus d'A&M, à la mi-temps de ce qui aurait dû être une rencontre très équilibrée entre deux équipes invaincues. Il n'en est rien. East Pike mène dans toutes les catégories de statistiques, à part les pénalités et les pertes de ballon. Le score est de trente et un à rien. Je commente les matches des Spartiates de Messina depuis vingt-deux saisons et je n'ai pas souvenir d'un tel retard à la mi-temps.

— Qu'est devenu Buck? demanda Neely.
— Il a arrêté quand Rake s'est fait virer, répondit Paul.

Nat monta légèrement le volume. La voix du commentateur porta plus loin dans les gradins, agissant comme un aimant sur les anciens joueurs. Randy Jaeger et deux de ses coéquipiers de 92 s'approchèrent. Jon Couch, l'avocat, et Blanchard Teague, l'optométriste, tous deux en tenue de jogging, les suivirent avec quatre joueurs de l'époque de la Série. Une douzaine d'autres arrivèrent, par petits groupes.

Les équipes sont de retour sur le terrain. Une courte pause pour écouter les messages de nos sponsors.

— J'ai supprimé les messages publicitaires, annonça Nat.
— Tu as bien fait, approuva Paul.
— Tu es vraiment un garçon intelligent, lâcha Silo.

Je regarde sur la ligne de touche de Messina mais je ne vois pas Eddie Rake. Aucun de ses assistants n'est sur le terrain. Les deux équipes se préparent pour le coup d'envoi de la seconde période mais les entraîneurs des Spartiates brillent par leur absence. Voilà qui est pour le moins étrange.

— Où étaient-ils passés? demanda quelqu'un.
Silo haussa les épaules sans répondre.
C'était la grande question. Quinze ans après, elle restait sans réponse. Il était évident que les

coaches avaient boycotté la seconde mi-temps, mais pourquoi ?

East Pike donne le coup d'envoi. Un coup de pied court ; le ballon est pris par Marcus Mabry aux dix-huit yards. Une course en zigzag. Il remonte le terrain, trouve un espace, est plaqué sur la ligne des trente yards d'où les Spartiates, pour la première fois de la soirée, vont essayer de construire des mouvements offensifs. Neely Crenshaw n'a réussi en première mi-temps que trois passes sur quinze. East Pike a reçu plus de ballons de lui que les Spartiates.

— Connard ! souffla une voix.
— Je croyais qu'il était de notre côté.
— Oui, mais il préférait nous voir gagner.
— Attendez la suite, fit Nat.

Toujours aucun signe d'Eddie Rake ni de ses assistants. C'est extrêmement bizarre. Les Spartiates se séparent après avoir reçu les consignes de Crenshaw, qui prépare son attaque. Curry est sur l'aile droite, Mabry en retrait. East Pike a huit joueurs au centre, défiant Crenshaw de lancer le ballon. Mise en jeu, option droite. Crenshaw feinte la passe latérale, voit une trouée dans la défense, fonce, évite un takcle. Il est à la ligne des quarante yards, des quarante-cinq, des cinquante... Il est poussé en touche aux quarante et un yards d'East Pike. Un gain de vingt-neuf yards ! La meilleure action offensive des Spartiates depuis le début de la partie. Peut-être vont-ils se réveiller !

— Ils n'y allaient pas de main morte, fit Silo à mi-voix.

— Cinq d'entre eux ont joué en première division, ajouta Paul en se remémorant le cauchemar de la première mi-temps. Dont quatre en défense.

— Pas la peine de me le rappeler, soupira Neely.

L'équipe des Spartiates vient de sortir de sa torpeur. Ils s'encouragent de la voix tandis que l'excitation gagne le banc. C'est parti! Crenshaw indique la gauche, Curry s'écarte sur son aile. Mabry en position de receveur intérieur. Mise en jeu, passe courte à Mabry qui déborde par la gauche pour gagner six, peut-être sept yards. Les Spartiates sont remontés. Ils se donnent de grandes tapes sur le casque. Et Silo Mooney discute le bout de gras avec trois adversaires. C'est toujours bon signe.

— Qu'est-ce que tu leur disais, Silo?
— Qu'ils allaient prendre une dérouillée.
— Vous étiez menés de trente et un points!
— C'est vrai, fit Paul. Je l'ai entendu. C'est à ce moment-là que Silo a commencé à les chambrer.

Deuxième tentative et trois yards à gagner. Crenshaw en position reculée. Mise en jeu, passe rapide à Mabry qui percute un adversaire, fait un crochet, remonte le terrain jusqu'aux trente yards, aux vingt yards et sort à la hauteur des seize yards adverses! Trois attaques, cinquante-quatre yards gagnés! La ligne offensive des Spartiates se met en branle. En première mi-temps, ils n'ont eu que cinq tentatives et quarante-six yards gagnés. Crenshaw fait ses choix. Aucune directive de la touche, d'où les entraîneurs sont toujours absents. Curry à l'aile, Mabry en retrait, Chenault en mouvement. Option droite, feinte et passe latérale à Mabry qui est rattrapé par un défenseur, qui est bousculé et s'écroule sur la ligne des dix yards. L'heure tourne : il reste dix minutes et cinq secondes dans le troisième quart-temps. Messina est à dix yards de la terre promise et à des années-lumière du titre. Première tentative. Crenshaw recule, passe à Mabry qui est pris derrière sa ligne, se dégage et déborde sur la droite. Il n'y a personne devant lui ! Il va marquer ! Il va marquer : Marcus Mabry inscrit le premier touchdown pour Messina ! Le grand retour des Spartiates !

— Quand nous avons marqué, glissa Jon Couch, je me souviens de m'être dit qu'il serait impossible de revenir sur une aussi bonne équipe.

— Ils ont perdu le ballon sur le coup d'envoi, non ? lança Nat en baissant le son.

Donnie : Oui. On fondait sur eux comme un essaim d'abeilles. Hindu leur a arraché le ballon aux quinze yards. Il a rebondi je ne sais combien de fois et a fini par sortir aux vingt yards.

Ronnie : Ils ont essayé de passer à la course par la droite sans rien gagner. Par la gauche, sans rien gagner. Troisième et onze yards. Le quarterback a reculé pour faire une passe mais Silo l'a plaqué sur la ligne des six yards.

Donnie : Malheureusement, il lui a fait toucher le sol la tête la première. Pénalité : perte de terrain de quinze yards pour conduite antisportive. Première tentative pour East Pike.

Silo : C'était une mauvaise décision.

Paul : Une mauvaise décision ? Tu as essayé de lui briser le cou.

Silo : Non, mon cher banquier. J'ai essayé de le tuer.

Ronnie : Nous étions tous complètement dingues. Silo grondait comme un grizzly blessé. Hindu pleurait, je le jure. Il voulait qu'on fasse le pressing sur chaque action de jeu pour être sûr de tamponner quelqu'un.

Donnie : On aurait arrêté les Cow-Boys de Dallas.

Blanchard : Qui dirigeait la défense ?

Silo : Moi. C'était simple : deux hommes pour couvrir les ailes, huit au centre. Tout le monde fonçait, tout le monde percutait un adversaire, régulièrement ou pas, aucune importance. Ce n'était plus un match mais une guerre.

Donnie : À la troisième tentative. Higgins, leur ailier frimeur qui a joué à Clemson, part en diagonale. La passe était haute. Hindu lit parfaitement la trajectoire, déboule comme un train à grande vitesse et le percute une fraction de seconde avant que le ballon arrive. Pénalité.

Paul : Son casque a volé à six mètres en l'air.

Couch : J'étais dans les tribunes, au quarantième rang, et j'ai eu l'impression que deux voitures s'étaient heurtées de plein fouet.

Silo : On s'est congratulés : on en avait tué un ! Et on a pris une nouvelle pénalité.

Ronnie : Deux pénalités, trente yards de perdus. On s'en fichait, on savait qu'ils ne passeraient pas.

Blanchard : Vous étiez persuadés qu'ils ne pourraient pas marquer...

Silo : Aucune équipe n'aurait pu marquer dans cette deuxième mi-temps. Higgins est sorti du terrain sur une civière et on est repartis sur notre ligne des trente yards. Ils ont essayé de passer par l'aile et ont perdu six yards, de passer en force par le centre et en ont perdu quatre autres. À la troisième tentative, leur petit quarterback a encore reculé pour faire une passe et on s'est jetés sur lui.

Nat : Leur botteur nous a repoussés sur nos trois yards.

Silo : Ils avaient un bon botteur. Nous, nous avions Nat.

Nat remonta le son.

Quatre-vingt-dix-sept yards à parcourir pour les Spartiates. Il reste un peu moins de huit minutes dans le troisième quart-temps et toujours aucun signe d'Eddie Rake ni de ses assistants. J'ai observé Crenshaw quand il n'était pas sur le terrain. Il a gardé sa main droite dans un seau à glace et n'a pas retiré son casque... Passe courte sur la gauche à Mabry qui ne gagne pas grand-chose. Les défenses des deux équipes repoussent tout, ce qui devrait nous valoir une passe.

Silo : Pas de nos trois yards, imbécile.
Paul : Coffey a toujours rêvé d'être entraîneur.

Passe latérale à Mabry qui part sur la droite. Il cafouille mais remonte le terrain, trouve le passage et se fait pousser en touche sur la ligne des dix yards.

Couch : Simple curiosité, Neely. Te souviens-tu de ce que tu as choisi pour l'action suivante ?
— Bien sûr. Option droite. Feinte de passe à Chenault, feinte de passe croisée à Hubcap, je fonce tout droit et je gagne onze yards. La ligne offensive abattait tout ce qui bougeait autour de moi.

Première tentative et dix pour les Spartiates qui se mettent rapidement en position sur la ligne de mêlée. L'équipe de Messina est transfigurée...

Paul : Je ne sais pas pourquoi Buck commentait le match à la radio. Personne n'écoutait ; toute la ville était au stade.
Randy : Tu te trompes : tout le monde écoutait. On essayait de comprendre ce qui était arrivé à Rake ; tous les supporters avaient la radio collée à l'oreille.

Ballon à Chenault qui s'arrache pour trois ou quatre yards. Il a foncé tête baissée dans le sillage de Silo Mooney qui a deux adversaires sur le dos.

Silo : Deux seulement ! J'étais vexé. Le second était un type avec une sale tronche qui devait peser plus de quatre-vingts kilos. Il avait commencé à nous insulter dès son entrée sur le terrain. Il va le quitter dans une minute.

Passe latérale à Mabry, qui écarte encore une fois le jeu sur la droite, trouve de l'espace et atteint les trente yards avant de sortir en touche. Un joueur d'East Pike reste étendu sur la pelouse.

Silo : C'est lui.
Blanchard : Qu'est-ce que tu lui as fait ?
Silo : Le ballon était loin de nous, sur la droite. Je l'ai étendu d'une manchette. Quand il a été sur le dos, je lui ai enfoncé un genou dans l'estomac. Il s'est mis à crier comme un cochon qu'on égorge. Il avait fait trois actions de jeu ; on ne l'a pas revu.
Paul : Les arbitres auraient pu nous coller des pénalités pour brutalité sur chaque action de jeu, en attaque comme en défense.
Neely : Pendant que le blessé quittait le terrain, Chenault m'a confié que leur tackle gauche ne se déplaçait pas bien. Quelque chose à la cheville. Il souffrait mais ne voulait pas sortir. Nous l'avons percuté cinq fois de suite en suivant le même schéma de jeu. Six ou sept yards chaque fois ; Marcus très bas sur ses appuis, cherchant le contact. Je lui passais le ballon et je regardais le carnage.
Silo   Monte le son, Nat.

Quatrième tentative et dix aux trente-huit yards d'East Pike. Les Spartiates sont toujours en possession du ballon mais le temps s'écoule. Pas encore une seule passe en seconde mi-temps. Il reste six minutes. Curry en mouvement sur la gauche. Mise en jeu, option droite, passe courte à Mabry qui s'échappe à l'extérieur jusqu'au trente yards! Aux vingt-cinq yards! Qui n'est arrêté qu'aux dix-huit yards d'East Pike. Les Spartiates sont près du but!

Neely : Après chaque action, Mabry revenait en courant et il répétait : « Passez-moi le ballon, passez-moi le ballon ! » Alors, on lui passait.
Paul : Quand Neely avait annoncé la tactique de l'action suivante, Silo lui disait : « Si tu perds le ballon, je te brise le cou. »
Silo : Et je ne plaisantais pas.
Blanchard : Vous saviez qu'il ne restait plus beaucoup de temps à jouer ?
Neely : Oui, mais on s'en fichait. On savait qu'on allait gagner.

Mabry a déjà reçu le ballon douze fois dans cette seconde mi-temps, pour soixante-dix-huit yards parcourus. Mise en jeu rapide, départ sur la droite sans gagner de distance. Les Spartiates pilonnent le côté gauche de la défense d'East Pike. Mabry s'engouffre dans les brèches ouvertes par Durston et Vatrano. Silo Mooney n'est jamais loin de l'action.

Silo : J'adorais Buck Coffey.
Neely : Tu n'es pas sorti avec sa fille cadette ?
Silo : Disons que nous nous sommes vus. Buck n'en a jamais rien su.

Deuxième tentative et huit, des seize yards. Encore Mabry sur la droite pour gagner trois yards, peut-être quatre. C'est la guerre, on se croirait dans les tranchées !

Silo : Eh oui, Buck, c'est la guerre !
Dans la pénombre des tribunes, le cercle s'était progressivement élargi. Les vétérans avaient discrètement remonté ou descendu les gradins pour venir écouter.

Troisième et quatre. Curry en retrait, option droite. Crenshaw garde le ballon, se fait tamponner et s'étale de tout son long pour gagner deux yards. Devon Bond ne l'a pas raté !

Neely : J'ai reçu tellement de coups de ce type que j'avais l'impression d'être un punching-ball.
Silo : C'était le seul joueur contre qui je ne pouvais rien faire. Dès que je m'étais débarrassé du ballon, je fonçais droit sur lui et... plus personne. Ou alors il me balançait un coup de coude à me briser la mâchoire.
Donnie : Il n'a pas joué en professionnel ?
Paul : Chez les Steelers de Pittsburgh, deux ou trois saisons. Une blessure l'a renvoyé à East Pike.

Quatrième tentative et deux yards. Ça sent la poudre ! Les Spartiates doivent absolument marquer s'ils veulent refaire leur retard. Et l'heure tourne : plus que trois minutes et quarante secondes. Chenault est parti sur la gauche, Crenshaw prend son temps. East Pike est parti trop tôt! Pénalité! Première tentative pour les Spartiates sur la ligne des cinq yards! Crenshaw a fait une feinte de la tête et cela a marché!

Silo : Je t'en foutrais, des feintes de la tête!
Paul : Tout était dans le rythme.
Blanchard : Je me souviens que leur coach était fou furieux. Il s'est précipité vers les arbitres.
Neely : Cela lui a valu une pénalité. Moitié de la distance.
Silo : Ce mec était complètement givré. Chaque fois qu'on marquait, il hurlait comme un possédé.

Première tentative à deux yards et demi de la ligne. Option gauche, passe croisée à Marcus Mabry qui est bousculé, qui continue d'avancer et s'écroule dans l'en-but! Touchdown! Touchdown pour les Spartiates!

Dans le silence de la nuit, la voix du commentateur semblait porter plus loin. Rabbit entendit le bruit et se coula dans l'ombre de la piste pour savoir de quoi il s'agissait. Il vit un groupe de joueurs assis ou affalés sur les sièges des gradins. Il distingua des bouteilles de bière, perçut la fumée des cigares. En d'autres circonstances, il aurait ordonné à tout le monde de débarrasser le plancher. Mais c'étaient les petits gars de Rake, les élus. Ils attendaient que la dernière rampe de projecteurs s'éteigne.

En s'approchant un peu, il aurait pu citer tous les noms et donner le numéro de leur maillot. Il se souvenait de l'emplacement exact de leur casier.

Rabbit se glissa entre les pièces de métal de la charpente qui soutenait les gradins et se plaça au-dessous des joueurs, l'oreille tendue.

Silo : Neely a demandé de jouer un coup de pied à suivre et cela a failli marcher. Le ballon a rebondi en tous sens et a été touché par tout le monde jusqu'à ce qu'un joueur adverse réussisse à mettre la main dessus.

Ronnie : Ils ont fait deux courses pour deux yards avant de tenter une passe longue qui n'est pas arrivée à destination grâce à Hindu. Mais, en essayant de l'intercepter, il a poussé le receveur hors des limites du terrain. Pénalité pour brutalité. Première tentative pour East Pike.

Donnie : Une décision affreuse.

Blanchard : Tout le monde s'est mis à hurler dans les tribunes.

Randy : Mon père a failli balancer sa radio.

Silo : Ça ne nous a fait ni chaud ni froid. Nous savions qu'ils ne marqueraient pas.

Ronnie : À la troisième tentative, ils ont dégagé au pied.

Couch : Ce n'est pas là qu'il y a eu la relance sur dégagement ?

Nat : Première action du dernier quart-temps.

Il monta encore le volume.

Coup de pied de dégagement pour East Pike sur les quarante et un yards de Messina. Une trajectoire ten-

due, le ballon est pris au premier rebond par Paul Curry sur la ligne des cinq yards. Il s'échappe sur la droite et revient au centre. Il a un mur de bloqueurs! Un véritable mur! Il atteint la ligne des vingt yards, des trente, des quarante! Il franchit la ligne médiane, profite d'un bloc de Marcus Mabry, arrive aux quarante yards, aux trente yards le long de la ligne de touche! Il a des bloqueurs partout! Plus que dix yards, cinq, quatre, deux, touchdown! Touchdown pour les Spartiates après une course de quatre-vingt-quinze yards!

Nat baissa le son pour que tout le monde puisse savourer un des plus grands moments de l'histoire des Spartiates. L'action avait été exécutée avec la précision d'une chorégraphie, chaque placement, chaque bloc ayant été répété de longues heures durant sous la houlette d'Eddie Rake. Quand Paul Curry avait esquissé un pas de danse dans l'en-but, il était entouré de six maillots verts, exactement comme à l'entraînement. « Tout le monde se retrouve dans l'en-but! » s'égosillait à répéter Rake du bord du terrain.

Deux joueurs d'East Pike restaient au sol, victimes de blocs vicieux mais réguliers que Rake leur avait enseignés quand ils avaient quinze ans. « Cette situation de jeu fait très mal à l'adversaire », disait-il.

Paul : Repasse l'enregistrement, Nat.

Silo : Une fois suffit. La fin sera la même.

Les joueurs relevés, East Pike avait donné le coup de pied d'engagement et commencé une attaque qui avait duré six minutes. Pendant cette unique et brève période de la seconde mi-temps, ils étaient parvenus à gagner soixante yards âprement disputés. Leur jeu était hésitant, leur progression difficile ; l'exécution harmonieuse de la première période n'était plus qu'un lointain souvenir. Tout s'écroulait. Ils étaient sur le point de craquer complètement et se trouvaient incapables de renverser la vapeur.

Chaque passe courte déclenchait une ruée furieuse des onze défenseurs adverses. Chaque passe à destination d'un receveur se terminait par le plaquage de l'attaquant. Ils n'avaient jamais le temps de faire des passes longues ; Silo était partout. Sur une quatrième tentative aux vingt-huit yards de Messina, East Pike commit l'erreur de chercher à gagner les deux yards qui leur manquaient. Leur quarterback simula une passe latérale sur la gauche et partit de l'autre côté, le ballon sous le bras, pour chercher son tight end qui avait été tamponné sur la ligne par Donnie Utley dont le jumeau arrivait comme un taureau furieux. Ronnie saisit le quarterback par derrière et le jeta au sol après lui avoir arraché le ballon. Les Spartiates, menés 31-21, conservaient toutes leurs chances à cinq minutes trente-cinq de la fin du match.

Neely Crenshaw a un problème à la main droite. Pas une seule tentative de passe en seconde période. Quand sa défense est sur le terrain, il garde la main dans un seau rempli de glace. East Pike a compris : ils ont mis un joueur sur les ailes, tous les autres sont groupés au centre.

Jaeger : Elle était cassée ?
Paul : Oui, elle était cassée.
Neely inclina la tête sans rien dire.
Jaeger : Comment est-ce arrivé, Neely ?
Silo : Un accident dans les vestiaires.
Neely garda le silence.

Première et dix, des trente-neuf yards des Spartiates. Passe croisée de Curry à Marcus Mabry qui gagne quatre ou cinq yards dans la douleur. Devon Bond est omniprésent. Ce doit être le rêve, pour un linebacker, de se contenter de suivre le ballon sans avoir à se préoccuper du jeu de passes de l'adversaire. Les Spartiates se regroupent rapidement sur la ligne de mêlée : le temps presse. Sur la mise en jeu, ballon à Chenault qui plonge pour gagner quelques yards. Silo Mooney lui a ouvert la voix en massacrant tout ce qui était devant lui.

Silo : J'aime bien ce mot... massacrer.
Donnie : Il n'est pas trop fort. Quand Frank a raté un bloc, Silo lui a balancé un coup de poing.
Neely : Pas un coup de poing, une mandale. L'arbitre s'apprêtait à jeter le mouchoir de pénalité mais il n'était pas sûr que taper sur un coéquipier constitue une faute.
Silo : Il n'aurait jamais dû rater le bloc.

Troisième et un aux quarante-huit yards, quatre minutes et vingt secondes de jeu. Les Spartiates sont en position avant East Pike. Mise en jeu rapide,

Neely part sur la droite avec le ballon, franchit la ligne médiane, celle des quarante-cinq yards et sort du terrain. Les Spartiates ont besoin de deux touchdowns. Il va leur falloir jouer sur les ailes.

Silo : Vas-y, Buck. Tu n'as qu'à indiquer la stratégie, tant que tu y es.
Donnie : Je suis sûr qu'il connaissait nos schémas de jeu.
Randy : Tout le monde les connaissait. Ils n'ont pas changé en plus de trente ans.
Couch : Nous avions les mêmes que vous, dans ce match contre East Pike.

Mabry gagne quatre yards avant d'être percuté par Devon Bond et l'arrière, Armondo Butler, un vrai tueur. Les joueurs d'East Pike n'ont pas à redouter une passe des Spartiates ; ils se concentrent sur les courses. Chenault en mouvement vers la droite, option gauche, passe latérale à Mabry qui part droit devant et réussit à gagner trois yards. Troisième et trois pour Messina, une action de jeu importante, mais elles le sont toutes maintenant. L'horloge tourne, il reste moins de quatre minutes. Ballon aux trente-huit yards. La tactique choisie, Curry part à toute vitesse sur la gauche, Neely en position reculée reçoit la balle, regarde vers la droite et ne voit personne. La pression est forte, il part de l'autre côté et se fait percuter par Devon Bond. Un choc violent, casque contre casque. Neely met du temps à se relever.

Neely : J'en voyais trente-six chandelles. Quel carton ! Pendant trente secondes, j'ai été aveugle.

Paul : Comme on ne voulait pas gâcher un temps mort, on l'a remis sur ses jambes.

Silo : Je lui ai balancé une gifle, à lui aussi. Ça lui a fait du bien.

Neely : Je ne m'en souviens pas.

Paul : Quatrième tentative pour un yard. Comme Neely était dans les vapes, j'ai choisi la stratégie. Je suis un génie, que voulez-vous que je vous dise.

Quatrième et un. Les Spartiates sont longs à se mettre en position. Crenshaw ne se sent pas très bien, il n'a pas l'air solide sur ses jambes. Le moment est important. Nous allons peut-être assister à l'action décisive de ce match. East Pike a neuf hommes sur la ligne : deux tight ends de chaque côté, personne sur les ailes. Crenshaw trouve le centre, passe latérale à Mabry qui s'arrête, saute, réussit à donner le ballon à Heath Dorcek qui a un boulevard devant lui ! Il arrive aux trente yards ! Aux vingt yards ! Accroché sur la ligne des dix yards, il trébuche et s'étale à trois mètres de la ligne ! Première et goal pour les Spartiates !

Paul : La passe la plus horrible qu'on puisse imaginer ! Lamentable... Une merveille !

Silo : Superbe. Neely ne faisait jamais une passe à Dorcek : il n'aurait même pas pu attraper la grippe.

Nat : Jamais je n'ai vu quelqu'un courir aussi lentement. On aurait dit un buffle.

Silo : Il te battait tous les jours.

Neely : Quand Heath est venu nous rejoindre, il avait les larmes aux yeux.

Paul : J'ai regardé Neely et il m'a dit : « À toi de choisir la tactique. » Je me suis tourné vers l'horloge : il restait trois minutes quarante et il fallait marquer deux fois. J'ai dit : « On y va maintenant, pas sur la troisième tentative. » Silo a dit : « J'ouvre le passage, suivez-moi. »

Les Spartiates ne sont plus qu'à trois yards de la Terre promise. Ils se consultent et se mettent en position. Mise en jeu rapide, Crenshaw fonce avec le ballon et le voilà dans l'en-but! Silo Mooney et Barry Vatrano ont enfoncé le centre de la défense d'East Pike! Touchdown pour les Spartiates! Ils s'accrocheront jusqu'au bout! Trente et un à vingt-sept! Incroyable retour!

Blanchard : Je me souviens que vous vous êtes regroupés avant le coup de pied d'engagement. Toute l'équipe. Vous avez failli prendre une pénalité pour retard de jeu.

Il y eut un long silence que Silo finit par rompre.

Silo : Nous avions des choses à nous dire, des secrets à protéger.

Couch : Des secrets qui concernaient Rake?

Silo : Oui.

Couch : C'est à ce moment du match qu'il est revenu, je crois.

Paul : Nous ne regardions pas, mais, juste après la reprise du jeu, nous avons entendu dire sur la touche qu'il était de retour. Nous l'avons vu tout au bout, au bord de l'en-but, avec les quatre autres coaches en sweat-shirt vert. Les mains dans les poches, l'air décontracté. On aurait dit une équipe d'entretien du stade qui suivait un match. Nous avons ressenti de la haine.

Nat : C'était nous contre eux. East Pike, on s'en foutait.

Blanchard : Je n'oublierai jamais cette scène. Rake et ses assistants au bord du terrain, dans leurs petits souliers. On ne savait pas ce qu'ils faisaient là-bas. On ne le sait toujours pas.

Paul : On leur avait dit de ne pas s'approcher de la touche.

Blanchard : Qui, « on » ?

Paul : L'équipe.

Blanchard : Pourquoi ?

Nat baissa le son. La voix de Buck Coffey s'éraillait sous le coup de l'excitation ; pour compenser, il n'en criait que plus fort. Quand l'équipe d'East Pike s'avança vers la ligne pour la première tentative, le commentateur en était à hurler dans son microphone.

Ballon aux dix-huit yards, l'horloge indique trois minutes vingt-cinq. Depuis le début de la seconde mi-temps, East Pike a réussi en attaque le total impressionnant de trois premières tentatives et soixante et un yards parcourus. Tout ce qu'ils ont entrepris a été étouffé par une équipe inspirée. Un renversement de situation de toute beauté, la plus époustouflante prestation à laquelle il m'ait été donné d'assister depuis vingt-deux ans que je commente les matches des Spartiates.

Silo   Continue comme ça, Buck.

Départ sur la droite pour gagner un ou deux yards. East Pike donne l'impression de ne plus savoir que faire. Ils voudraient jouer la montre mais il leur faut aussi gagner du terrain. Trois minutes, dix secondes. L'équipe de Messina a encore ses trois temps morts ; ils en auront besoin. Les joueurs d'East Pike sont de plus en plus lents. Ils se concertent, reviennent lentement vers la ligne de mêlée. Quatre, trois, deux, un, mise en jeu, passe latérale pour Barnaby qui file sur la droite et gagne cinq ou six yards. Troisième tentative et trois sur la ligne des vingt-cinq yards et l'heure continue de tourner.

Une voiture s'arrêta près de la grille. Elle était blanche, les portières marquées d'une inscription. « Je crois bien que voilà Mal », déclara quelqu'un. Le shérif prit son temps pour descendre. Il s'étira, observa le terrain, leva les yeux vers les tribunes. Il alluma une cigarette ; la flamme du briquet était visible du haut des gradins, sur la ligne des quarante yards.

Silo : J'espère qu'il a apporté de la bière.

Les Spartiates sont prêts ; deux joueurs sur les ailes. Waddell prend le ballon en position reculée, feinte à droite, passe à gauche pour Gaddy qui court en oblique et le reçoit aux trente-deux yards. Il est plaqué par Hindu Aiken. Première tentative pour East Pike, qui semble se réveiller. Il reste deux minutes quarante... les Spartiates ont besoin de quelqu'un sur la touche pour prendre des décisions. Cette équipe joue sans entraîneurs!

Blanchard : Qui prenait les décisions?
Paul : Quand ils ont fait leur première tentative, nous avons décidé, Neely et moi, de prendre un de nos temps morts.
Silo : J'ai entraîné la défense sur la touche et nous nous sommes rassemblés, toute l'équipe. On était en transe. J'ai la chair de poule rien que d'y penser.
Neely : Monte le son, Nat, avant que Silo ne se mette à chialer.

Première tentative aux trente-deux. East Pike se met en position sans se presser. Mise en jeu pour Waddell qui cherche sur la droite à qui donner le ballon et trouve quelqu'un sur une passe courte. Le receveur n'est pas sorti du terrain et l'horloge indique deux minutes vingt-huit. Deux minutes vingt-sept...

Mal Brown tirait sur sa cigarette devant la grille en observant le groupe d'ex-Spartiates, au centre des gradins. Il entendait la radio, il avait reconnu la voix de Buck Coffey, mais il ne savait pas quel match Buck commentait. Il avait quand même une petite idée sur la question. Il tira une bouffée en cherchant Rabbit; il devait être tapi dans l'ombre, quelque part.

Deuxième tentative et quatre pour East Pike ; il reste deux minutes quatorze. Petite passe croisée sur la gauche pour Barnaby. Il ne passe pas ! Il se fait arrêter sur la ligne par les jumeaux Utley qui chargent furieusement pour boucher tous les trous. Ils l'ont percuté et c'est toute l'équipe qui s'empile sur le pauvre Barnaby ! Les Spartiates sont survoltés mais ils doivent rester vigilants. Ils ont échappé de peu à une pénalité pour plaquage à retardement.

Silo : Plaquage à retardement, brutalité, une demi-douzaine de fautes personnelles, fais ton choix, Buck. On aurait pu prendre une pénalité sur chaque action de jeu.
Ronnie : Silo mordait.

Troisième et quatre ; moins de deux minutes de jeu. East Pike essaie de gagner le maximum de temps. Les onze Spartiates attendent sur la ligne. Choisir une course et en prendre plein la tronche ou bien faire une passe et voir le quarterback se faire plaquer ? Voilà le dilemme devant lequel se trouve East Pike. Ils ne peuvent pas faire avancer le ballon ! Waddell fonce, il a un écran mais Donnie Utley lui chipe le ballon ! L'horloge s'arrête ! Quatrième et quatre ! East Pike va devoir dégager au pied ! Une minute cinquante seconde et le ballon sera pour les Spartiates !

Mal faisait lentement le tour de la piste, une autre cigarette au bec. Quand il s'approcha, tous les regards convergèrent sur lui.

Paul : Le dernier dégagement au pied nous avait réussi. Nous avons décidé de faire pareil.

Coup de pied au ras du sol, en direction de la touche. Le ballon tombe sur la ligne des quarante yards, rebondit une fois, puis une deuxième. Alonzo Taylor le ramasse aux trente-cinq yards mais il ne peut pas passer! Des mouchoirs de pénalité partout! Peut-être un bloc irrégulier!

Paul : Peut-être? Hindu avait séché un mec en le percutant dans le dos. Je n'avais jamais vu ça.
Silo : J'ai commencé à l'étrangler.
Neely : Je t'en ai empêché, tu te souviens? Le pauvre, il est arrivé sur la touche en pleurant.
Silo : Le pauvre! Si je le revoyais aujourd'hui, je lui reparlerais de ce bloc!

La situation se présente comme suit. Les Spartiates sont en possession du ballon sur leurs dix-neuf yards. Ils ont quatre-vingt-un yards à gagner en une minute et quarante secondes. Ils sont menés trente et un à vingt-huit. Il reste deux temps morts à Crenshaw et il n'a pas de jeu de passes.

Paul : On ne peut pas faire de passes avec une main cassée.

Toute l'équipe des Spartiates est regroupée sur le bord de la touche. Elle donne l'impression d'être en prière.

Le shérif gravissait les marches, lentement. Les joueurs remarquèrent alors qu'il n'avait pas son assurance habituelle. Nat arrêta la bande ; le silence tomba sur les gradins.

— Les gars, fit Mal d'une voix douce. C'est fini pour Rake.

Rabbit sortit de l'ombre à ce moment et s'éloigna en se déhanchant sur la piste. Ils le virent disparaître derrière le tableau d'affichage ; quelques secondes plus tard, la rampe de projecteurs du poteau sud-ouest s'éteignit.

L'obscurité envahit le stade Eddie Rake.

La plupart des Spartiates assis dans les gradins à présent silencieux n'avaient jamais connu Messina sans Eddie Rake. Même pour les plus âgés – qui étaient très jeunes quand avait débarqué ce coach de vingt-huit ans, un inconnu qui n'avait pas encore fait ses preuves –, son influence avait été telle qu'il était facile de croire qu'il avait toujours été là. Avant l'arrivée de Rake, personne ne connaissait Messina.

La veillée était terminée ; les lumières venaient de s'éteindre.

Tous les joueurs savaient que Rake allait mourir mais la nouvelle leur donna un rude coup. Chacun se replia un moment sur ses propres souvenirs. Silo avait posé sa bière ; il se tapotait les tempes du bout des doigts. Les coudes sur les genoux, Paul regardait le terrain, les yeux fixés sur un endroit voisin de la ligne médiane, là où il avait vu si souvent son coach tempêter. Quand un match était serré, personne n'osait même s'approcher de lui. Neely revoyait Rake dans sa chambre d'hôpital, sa casquette verte à la main, lui parlant d'une voix douce, inquiet pour son genou et pour son avenir. Et balbutiant des excuses.

Nat Sawyer se mordait les lèvres tandis que les larmes lui montaient aux yeux. Eddie Rake avait eu plus d'importance pour lui après le temps du football. Heureusement qu'il faisait nuit. Ils devaient être nombreux à pleurer dans les gradins.

De l'autre côté de la petite vallée, depuis la ville, leur parvint une sonnerie de cloches assourdie par la distance. La nouvelle tant redoutée se répandait à Messina.

Blanchard Teague fut le premier à reprendre la parole.

— J'aimerais entendre la fin de ce match. Nous attendons ça depuis quinze ans.

Paul : Nous avons choisi d'attaquer par la droite. Alonzo a gagné six ou sept yards avant de sortir du terrain.

Silo : Il aurait pu marquer mais Vatrano a raté un bloc sur un linebacker. Je lui ai dit que je lui couperais les couilles s'il en ratait un autre.

Paul : Ils avaient toute leur équipe sur la ligne. J'ai demandé plusieurs fois à Neely s'il pouvait lancer le ballon, même une petite passe au centre en sautant, juste de quoi désarçonner leurs défenseurs.

Neely : Je pouvais à peine tenir le ballon.

Paul : À la deuxième tentative, nous sommes partis sur la gauche...

Neely : Non, nous avons envoyé trois gars à l'aile. J'ai reculé comme pour faire une passe et je suis parti avec le ballon sous le bras.. J'ai gagné seize yards mais je n'ai pas eu le temps de sortir du terrain. J'ai encore été arrêté par Devon Bond et j'ai cru que j'allais mourir.

Couch : Je m'en souviens. Mais il a mis, lui aussi, du temps à se relever.

Neely : Je ne m'en faisais pas pour lui.

Paul : Nous étions sur la ligne des quarante, il restait une minute. Nous sommes encore partis sur la gauche, je crois.

Nat : Oui. Nous avons presque gagné les dix yards. Alonzo s'est fait sortir du terrain juste devant notre banc de touche.

Neely : Après, nous avons essayé l'option passe. Alonzo l'a gâchée et a failli se faire prendre le ballon.

Nat : Il se l'est fait prendre mais l'arrière avait un pied de l'autre côté de la ligne.

Silo : C'est là que je vous ai dit : plus de passes d'Alonzo.

Couch : Dans quel état étiez-vous ?

Silo : Comme tu peux l'imaginer, mais quand Neely nous a demandé de la boucler, on l'a bouclée. Il a dit qu'on allait gagner et on l'a cru, comme toujours.

Nat : Le ballon est sur la ligne des cinquante et il reste cinquante secondes.

Neely : J'ai demandé un écran pour faire une passe et cela a parfaitement marché. Tout le monde s'est jeté en avant avec férocité et j'ai réussi à passer le ballon à Alonzo de la main gauche.

Nat : C'était magnifique. Il s'est fait accrocher derrière la ligne mais il a réussi à se dégager et, d'un seul coup, il a eu un mur de bloqueurs.

Silo : C'est là que je me suis fait Bond. Il essayait de se dépêtrer d'un bloc. Je l'ai eu par surprise et je lui ai enfoncé mon casque dans les côtes. Il n'a pas terminé le match.

Neely : C'est probablement ce qui nous a permis de gagner.

Blanchard : C'était de la folie, dans le stade. Il y avait trente-cinq mille spectateurs qui hurlaient comme des sauvages mais on a quand même entendu le bruit de l'impact.

Silo : Le coup était régulier. Je préférais les contacts irréguliers mais ce n'était pas le moment de prendre une pénalité.

Paul : Alonzo a gagné une vingtaine de yards et l'horloge s'est arrêtée avec la blessure de Bond. Temps mort. Neely a fait les choix tactiques.

Neely : Je ne voulais pas risquer une interception ou une perte du ballon. Le seul moyen d'étirer la défense était d'envoyer les receveurs sur les ailes et de construire le jeu en position reculée. Sur la première tentative, j'ai fait une course de dix yards.

Nat : Onze. Nous étions à la première tentative et vingt et un yards. Il restait trente secondes.

Neely : Bond n'étant plus sur le terrain, je savais que je pouvais marquer. Je me suis dit que deux autres courses devraient nous amener dans la zone de but. Avant la mise en jeu, j'ai dit aux autres qu'il fallait leur rentrer dedans.

Silo : Moi, je leur ai dit qu'il fallait les massacrer.

Neely : Ils ont bousculé les trois linebackers et je me suis fait arrêter sur la ligne. Nous étions obligés de prendre notre dernier temps mort.

Amos : Vous avez pensé à un coup de pied au but ?

Neely : Oui, mais Scobie n'avait pas assez de puissance pour ça. Précis mais pas très puissant.

Paul : Et il n'avait pas tenté un seul coup de pied au but de toute la saison.

Silo : Le jeu au pied n'était pas notre point fort.

Nat : Merci, Silo. Je sais que je peux toujours compter sur toi.

La dernière action de la remontée miraculeuse fut peut-être la plus belle de toute l'histoire des Spartiates. Avec vingt yards à gagner et dix-huit secondes de jeu, sans possibilité de prendre un temps mort, Neely envoya deux receveurs sur les ailes et reçut le ballon en position reculée. Après une feinte de passe, il donna le ballon à Marcus Mabry, qui fit trois pas, s'arrêta brusquement et le repassa à Neely. Il partit sur la droite, le ballon à la main, comme s'il s'apprêtait à faire une passe. En le voyant remonter le terrain, la ligne offensive s'élança, prête à renverser tout ce qui se trouvait sur son passage. Sur la ligne des dix yards, Neely, courant comme un dératé, baissa la tête pour percuter un linebacker et un arrière, une collision qui aurait laissé sur le carreau un simple mortel. Il réussit à se dégager, étourdi, les jambes flageolantes, se fit tamponner à cinq yards de la ligne et encore à trois yards, où la quasi-totalité de la défense d'East Pike avait réussi à se regrouper. L'action touchait à sa fin, le match aussi, quand Silo Mooney et Barry Vatrano vinrent s'enfoncer dans la grappe humaine accrochée à Neely ; tout le paquet de joueurs s'étala dans l'en-but. Touchdown ! Neely bondit sur ses pieds, le ballon à la main, et plongea les yeux dans ceux de Rake qui se tenait à cinq ou six mètres, immobile, impassible.

Neely : L'idée de lui lancer le ballon à la figure m'a traversé l'esprit mais Silo m'a jeté au sol et tout le monde est venu s'empiler sur nous.

Nat : Il y avait l'équipe au complet. Sans compter les cheerleaders, les soigneurs et la moitié de la fanfare. Pénalité de quinze yards pour manifestations de joie excessives.

Couch : Tout le monde s'en foutait. J'ai regardé Rake et les autres : ils n'ont pas fait un geste pour venir vers vous.

Neely : J'étais aplati dans l'en-but, écrasé par mes coéquipiers, et je me suis dit que nous venions de réussir l'impossible.

Randy : J'avais douze ans à l'époque. J'étais au milieu des supporters de Messina, abasourdis, épuisés d'avoir tant crié, les larmes aux yeux.

Blanchard : Ceux d'East Pike pleuraient aussi.

Randy : Il restait une action de jeu, non ? Après le coup de pied d'engagement.

Paul : Oui. Donnie a foncé tête baissée sur le quarterback et l'a étalé. Fin du match.

Randy : D'un seul coup, j'ai vu tous les joueurs en vert quitter le terrain ventre à terre ; pas de poignées de main, pas de congratulations, rien qu'une course folle pour regagner les vestiaires Toute l'équipe s'est volatilisée.

Mal : On a cru que vous étiez devenus fous On a attendu un moment en se disant que vous alliez revenir pour recevoir le trophée et tout.

Paul : Nous n'avons pas voulu sortir. On a envoyé quelqu'un nous chercher mais nous avons refusé d'ouvrir la porte.

Couch : Vos adversaires ont essayé de faire bonne figure quand ils ont reçu le trophée des finalistes mais ils étaient terriblement secoués.

Blanchard : Rake aussi avait disparu. On est allé chercher Rabbit et on l'a traîné sur le terrain. C'est à lui qu'on a remis le trophée! C'était vraiment bizarre mais nous étions trop excités pour y attacher de l'importance.

Mal s'approcha de la glacière de Silo et prit une bière.

— Servez-vous, shérif, je vous en prie, fit Silo.
— Je ne suis plus en service.

Mal vida la moitié de la bouteille d'un trait et commença à descendre les marches.

— La cérémonie aura lieu vendredi, les gars. À midi.
— Où?
— Ici. Où voulez-vous que ce soit?

Jeudi

Neely et Paul se retrouvèrent le jeudi matin, de bonne heure, à l'arrière de la librairie. Nat prépara une cafetière de son redoutable café du Guatemala. Il les laissa pour aller rejoindre devant le rayon occultisme – peu visible – une femme à la mine sinistre, à la peau livide et aux cheveux de jais.

— La sorcière de la ville, glissa Paul avec une pointe de fierté, comme si chaque ville se devait d'avoir sa sorcière.

Il avait parlé à voix basse, comme s'il redoutait qu'elle ne leur jette un sort.

Le shérif fit son entrée peu après huit heures, sanglé dans son uniforme, le pistolet à la ceinture. Dans cette boutique qui était l'unique librairie de tout le comté et qui, de plus, appartenait à un homosexuel, il avait l'air un peu perdu. Si Nat n'avait pas été un ancien Spartiate, Mal l'aurait probablement considéré comme un individu suspect et placé sous surveillance.

— Prêts, les gars ? grogna-t-il, visiblement impatient de partir.

Neely à l'avant, Paul à l'arrière, ils s'éloignèrent du centre-ville dans une longue Ford blanche. De grosses lettres noires sur les portières proclamaient que le véhicule était la propriété du shérif. Arrivé sur la nationale, Mal appuya sur le champignon et enfonça un bouton pour mettre en marche les gyrophares. Mais pas la sirène, tout de même. Satisfait, il s'enfonça dans son siège, saisit son grand gobelet de café en polystyrène et posa nonchalamment le poignet en haut du volant. Il roulait à cent soixante kilomètres à l'heure.

— J'étais au Vietnam, déclara-t-il.

Sa façon de choisir le sujet de conversation donnait l'impression qu'il allait parler sans discontinuer pendant deux heures.

Paul se tassa légèrement sur la banquette arrière, tel un criminel sur la route du tribunal. Neely surveillait les autres véhicules avec la certitude qu'il allait bientôt trouver la mort dans un carambolage atroce.

— Je patrouillais sur une vedette, poursuivit le shérif. Sur le Bassac, un bras du Mekong.

Le décor ainsi planté, il avala bruyamment une gorgée de café.

— On était six sur ce rafiot gros comme deux barges. On longeait le fleuve en se faisant remarquer. On tirait sur tout ce qui bougeait, comme des imbéciles. Quand une vache s'approchait trop de la berge, elle servait de cible. Quand un paysan dans sa rizière levait la tête à notre passage, on tirait en l'air, juste pour le plaisir de le voir s'aplatir dans la bouillasse. Notre mission quotidienne n'avait aucun objectif tactique. On buvait de la bière, on fumait de l'herbe, on jouait aux cartes, on essayait d'attirer des filles sur le bateau.

— Je suis sûr que cela va nous mener quelque part, glissa Paul.

— Tais-toi et écoute la suite. Un jour, en plein cagnard, on était à moitié endormis sur le pont, comme des tortues sur un rocher quand on a été réveillés en sursaut. On nous canardait des deux rives du fleuve. Un feu nourri : une embuscade. Il y avait deux gars en bas. Les trois autres qui étaient sur le pont avec moi ont été touchés dès le début de l'attaque. Tués sur le coup. Abattus sans avoir pu se défendre. Il y avait du sang partout. Tout le monde hurlait. J'étais à plat ventre, incapable de bouger, quand une balle a atteint un baril d'essence qui traînait sur le pont. Il n'aurait jamais dû se trouver là, mais on avait dix-huit ans et on se croyait invincibles. Le baril a explosé. J'ai eu le temps de plonger avant d'être brûlé. En nageant le long du bateau, j'ai trouvé un morceau de filet de camouflage qui pendait le long de la coque et je m'y suis accroché. J'ai entendu les hurlements de mes deux potes restés dans la cabine. Pris au piège, avec le feu et la fumée, impossible pour eux de sortir. Je restais sous l'eau aussi longtemps que je pouvais. Dès que je sortais la tête pour respirer, les Viets tiraient sur moi à l'arme automatique. Ils m'avaient repéré. Ça a duré une éternité; le bateau brûlait, à la dérive. Quand je n'ai plus entendu de cris ni de quintes de toux venant du bateau, j'ai compris que les gars étaient morts. Ils étaient tous morts. Les Viets se sont montrés et ont commencé à marcher le long des deux rives. Une petite balade tranquille au bord du fleuve. Il n'y avait qu'un survivant et ils attendaient qu'il commette une erreur. Je suis passé sous le bateau en nageant et je suis ressorti de l'autre côté pour respirer. Ça tirait de partout. Je suis reparti sous l'eau vers l'arrière et je me suis accroché un moment au gouvernail. Quand j'ai sorti la tête pour respirer, je les ai entendus rigoler pendant qu'ils me canardaient. Le fleuve était rempli de serpents, des petites saletés très venimeuses. Je me suis dit que j'avais le choix entre trois possibilités : me noyer, mourir criblé de balles ou attendre les serpents.

Mal plaça son gobelet sur le tableau de bord et alluma une cigarette. Il eut la bonne idée d'entrouvrir sa vitre; Neely l'imita aussitôt. Ils roulaient dans la campagne, dans une région vallonnée, sur une route où ne circulaient que des tracteurs et de vieux pick-up.

— Alors? demanda Neely quand il devint évident que Mal attendait qu'on l'encourage à poursuivre son récit. Que s'est-il passé?

— Vous savez ce qui m'a sauvé?

— Raconte.

— Eddie Rake. Quand j'étais sous ce bateau, que ma vie ne tenait qu'à un fil, je n'ai pas pensé à ma mère, ni à mon père, ni à ma petite amie. J'ai pensé à Rake. J'entendais sa voix quand il nous engueulait à la fin des entraînements, je me rappelais ses laïus dans les vestiaires. Ne vous avouez jamais vaincu. Vous gagnerez parce que vous êtes plus forts mentalement que l'adversaire et vous êtes plus forts parce que vous êtes mieux entraînés. Si vous gagnez, ne baissez pas les bras. Si vous perdez, ne baissez pas les bras. Si vous êtes blessés, ne baissez pas les bras.

Le shérif tira une longue bouffée de sa cigarette pendant que ses deux passagers méditaient ces paroles. Sur la route, on se jetait sur le bas-côté et on écrasait la pédale de frein pour laisser passer la voiture de police qui filait à toute allure.

— J'ai fini par être touché à la jambe, reprit Mal. Saviez-vous qu'une balle peut blesser un homme sous l'eau?

— J'avoue que je ne m'étais jamais posé la question, fit Neely.

— Eh bien, si! Dans le jarret gauche. Je n'ai jamais ressenti une telle douleur; on aurait dit un couteau chauffé à blanc. J'ai failli tourner de l'œil. Je n'arrivais pas à reprendre mon souffle. Rake nous avait préparés à jouer même blessés, alors je me suis dit qu'il me regardait. Qu'il était là, près de moi, quelque part sur la rive et qu'il m'observait pour voir si j'étais capable de tenir bon.

Encore une longue bouffée, un geste de la tête pour souffler la fumée par la vitre entrouverte, sans conviction. Un long silence pendant lequel le shérif resta plongé dans l'horreur de ses souvenirs. Une bonne minute s'écoula.

— À l'évidence, tu as survécu, observa Paul, impatient d'arriver à la fin de l'histoire.

— J'ai eu de la chance. Les cinq autres sont revenus dans un cercueil. Le bateau n'en finissait pas de brûler; à certains moments, je ne pouvais plus m'agripper à la coque tellement la chaleur était forte. Quand les batteries ont explosé, j'ai eu l'impression que c'étaient des tirs de mortier. Le bateau a commencé à couler. J'entendais les Viets rire à gorge déployée. Et la voix de Rake dans le dernier quart-temps : « C'est le moment d'y aller, les gars. La victoire se joue maintenant. Du cran ! »

— Je l'entends encore, fit Neely.

— D'un seul coup, la fusillade a cessé. J'ai entendu des hélicoptères. Il y en avait deux; les pilotes avaient vu la fumée et venaient voir ce que c'était. Ils sont arrivés en rase-mottes, ont fait fuir les Viets et m'ont lancé une corde. On m'a hissé à bord d'un des appareils et j'ai regardé en bas. J'ai vu le bateau qui brûlait encore et, sur le pont, deux corps calcinés. J'étais en état de choc; j'ai perdu connaissance. Quand je suis revenu à moi, on m'a raconté que quelqu'un m'avait demandé comment je m'appelais et que j'avais répondu : « Eddie Rake. »

Neely regarda le shérif au moment où il détournait la tête, la voix cassée. Il s'essuya les yeux et lâcha le volant quelques secondes.

— Alors, tu as été rapatrié ? fit Paul.

— Voilà pourquoi j'ai dit que j'avais eu de la chance. J'en suis revenu... Vous avez faim, les gars ?
— Non.
— Non.
Manifestement, Mal, lui, avait faim. Il freina brusquement et braqua pour s'engager sur le parking gravillonné d'une vieille épicerie de campagne. Les roues de la Ford chassèrent quand il écrasa la pédale de frein.
— Ils font les meilleurs biscuits de toute la région, déclara-t-il en ouvrant violemment sa portière.

Il descendit de la voiture au milieu d'un nuage de poussière. Ils le suivirent à l'arrière de la petite construction, poussèrent une porte grillagée branlante et entrèrent dans une petite cuisine enfumée. Quatre tables tassées les unes contre les autres étaient prises par des rustauds occupés à engloutir des biscuits et du jambon. Par chance – du moins pour Mal qui paraissait sur le point de défaillir de faim – trois tabourets libres étaient alignés devant le comptoir.

— Des biscuits par ici, grommela-t-il à l'adresse d'un petit bout de femme toute ridée qui s'affairait devant une cuisinière.

À l'évidence, il n'y avait pas de menu.

Elle leur servit en un tournemain trois cafés et trois assiettes de biscuits accompagnés de beurre et de mélasse de sorgho. Mal attaqua aussitôt le sien, une préparation épaisse et brune à base de saindoux et de pâte à pain qui devait bien peser une livre. Neely et Paul l'imitèrent.

— Je vous ai entendus hier soir, quand vous parliez dans les gradins, lança Mal avant d'enfourner une énorme bouchée. De la finale de 87, reprit-il après avoir mastiqué férocement. J'étais là, comme tout le monde. On s'est dit qu'il avait dû se passer quelque chose dans les vestiaires, à la mi-temps, que vous aviez dû avoir une altercation avec Rake. Je n'ai jamais su le fin mot de l'histoire ; personne n'a voulu en parler.

— On peut appeler cela une altercation, fit Neely en prenant une petite bouchée de biscuit.

— Et personne n'en a jamais parlé, en effet, ajouta Paul.

— Alors, qu'est-ce qui s'est passé ?

— Une altercation.

— D'accord, d'accord. Rake est mort maintenant.

— Et alors ?

— Et alors, ça fait quinze ans. Je veux connaître toute l'histoire.

Mal donnait l'impression d'interroger un suspect.

Neely regarda sans y toucher le biscuit dans son assiette. Il se tourna vers Paul qui inclina la tête. Vas-y. Tu peux enfin raconter toute l'histoire.

Neely prit une gorgée de café. Le regard fixé sur le comptoir, il remonta dans ses souvenirs.

— On était mené trente et un à zéro, commença-t-il lentement, d'une voix très douce. On prenait une branlée.

— J'y étais, coupa Mal, sans cesser de mastiquer.

— À la mi-temps, on a attendu Rake dans les vestiaires. On a attendu longtemps, sachant qu'on allait se faire engueuler comme du poisson pourri. Il est arrivé avec ses assistants, ivre de rage. On était terrifiés. Il s'est avancé vers moi, les yeux brillants de haine. Je ne savais pas ce qui allait venir. « Tu as été lamentable ! » lâcha-t-il, les dents serrées. J'ai répondu : « Merci, coach. » Je n'avais même pas terminé qu'il me giflait d'un revers de la main gauche.

— Ça a fait le bruit d'une batte de base-ball sur la balle, glissa Paul en repoussant son assiette.

— Il t'a cassé le nez ? demanda Mal en lorgnant le reste de son biscuit du coin de l'œil.

— Oui.

— Comment as-tu réagi ?

— Instinctivement, je me suis mis en garde. Je ne savais pas s'il allait encore me frapper et je ne voulais pas attendre pour le savoir. J'ai envoyé un crochet du droit en y mettant toutes mes forces ; je l'ai touché en pleine figure, sur la mâchoire.

— Ce n'était pas un crochet du droit, glissa Paul. C'était une bombe. La tête de Rake est partie en arrière comme s'il venait de recevoir une balle et il s'est affaissé comme un sac de ciment.

— Tu l'as mis K.-O. ?

— Pour le compte, fit Neely. Upchurch s'est précipité vers moi en hurlant comme s'il voulait m'étendre raide. Je ne voyais rien, j'avais le visage en sang.

— Silo s'est interposé, précisa Paul. Il a pris Upchurch à la gorge, il l'a soulevé et l'a plaqué contre le mur. Il a dit qu'il le tuerait s'il faisait un seul geste. Rake restait étendu sur le carrelage ; Snake Thomas, Rabbit et un des soigneurs s'activaient autour de lui. Silo a jeté Upchurch au sol et leur a dit de sortir immédiatement. Quand Thomas a protesté, Silo lui a botté le derrière. Ils ont traîné Rake dans le couloir et on s'est enfermés dans les vestiaires.

— Je me suis mis à pleurer, ajouta Neely. Je ne pouvais plus m'arrêter...

Mal avait posé sa fourchette. Ils regardaient tous les trois la petite dame à ses fourneaux.

— On a trouvé de la glace, reprit Paul. Neely a dit qu'il avait la main cassée et son nez continuait à pisser le sang. Il divaguait. Silo gueulait contre le reste de l'équipe. Une scène complètement délirante.

Mal descendit une grande gorgée de café, puis il découpa un morceau de biscuit qu'il fit glisser au bord de son assiette, comme s'il n'avait pas encore décidé s'il allait le manger.

— Neely était allongé, de la glace sur le nez, de la glace sur la main, un filet de sang coulant le long de ses oreilles. On haïssait Rake comme je n'aurais pas cru possible de haïr quelqu'un. On avait envie de tuer ; les pauvres gars d'East Pike étaient des victimes toutes désignées.

— Silo s'est penché sur moi, reprit Neely après un long silence et m'a hurlé dans les oreilles : « Bouge ton cul, la vedette ! Nous avons cinq touchdowns à marquer ! »

— Neely s'est relevé et on est sortis des vestiaires, fit Paul. J'ai vu Rabbit passer la tête par une porte entrouverte et j'ai entendu Silo lui crier : « On ne veut pas voir cette bande de cons au bord du terrain ! »

— Hindu lui a lancé au passage une serviette pleine de sang à la figure, ajouta Neely.

— Vers la fin du dernier quart-temps, reprit Paul, Neely et Silo ont rassemblé l'équipe près du banc de touche. Ils ont dit qu'on irait s'enfermer dans les vestiaires dès la fin du match et qu'on n'en ressortirait que lorsque tout le monde serait parti.

— C'est ce qu'on a fait, déclara Neely. On y est resté longtemps ; il nous a fallu une heure pour nous calmer.

La porte grillagée s'ouvrit derrière eux. Quelques clients sortaient, d'autres entraient.

— Et vous n'en avez jamais parlé ? demanda Mal.

— Non. Nous nous sommes promis de garder le silence.

— Jusqu'à aujourd'hui ?

— Rake est mort : cela n'a plus d'importance.

— Pourquoi fallait-il garder le secret ?

— Nous avions peur que les choses ne s'enveniment. Nous haïssions Rake mais il était réputé, dans la ville. Il avait frappé un de ses joueurs et pas n'importe lequel. Neely a continué à saigner du nez bien après le match.

— C'était un moment de grande émotion, ajouta Neely. Je crois que, sur les cinquante joueurs, pas un seul n'a gardé les yeux secs. Nous venions de réussir l'impossible, d'accomplir un miracle. Et sans entraîneurs. Par la seule force de notre volonté. Une bande de gamins parvenus à s'imposer malgré une pression énorme. Nous avons décidé que ce serait notre secret. Silo a fait le tour des vestiaires. Il a regardé chacun des joueurs dans les yeux et lui a fait jurer de garder le silence.

— Il a dit qu'il tuerait le premier qui ouvrirait la bouche, glissa Paul avec un petit rire.

Mal versa avec dextérité un demi-litre de mélasse sur son deuxième biscuit.

— C'est une bonne histoire, fit-il. À peu près ce que j'avais imaginé.

— Le plus curieux, reprit Paul, est que les coaches n'en ont jamais parlé non plus. Rabbit n'a rien dit à personne. Silence total.

— On s'en doutait un peu, fit Mal en finissant de mastiquer une nouvelle bouchée de biscuit. On savait qu'il s'était passé quelque chose à la mi-temps. Neely n'avait pas fait une seule passe. On a appris qu'il portait un plâtre, la semaine d'après. On s'est dit qu'il avait tapé sur quelque chose. Peut-être bien sur Rake. Des rumeurs de toute sorte ont couru ; vous savez comment ça se passe à Messina.

— Je n'ai jamais entendu personne parler de cette histoire, reprit Paul.

Pas plus que Neely, il ne touchait à son assiette ni à sa tasse. Mal avala une gorgée de café.

— Vous vous souvenez du petit Tugdale, qui habitait près de Black Rock ? Il a un ou deux ans de moins que vous.

— Andy Tugdale, fit Neely. Un garde de soixante-cinq kilos. Mauvais comme une teigne.

— C'est bien lui. On l'a arrêté il y a quelques années parce qu'il tabassait sa femme. Il a passé quelques semaines derrière les barreaux. Je jouais aux cartes avec lui, comme je le fais avec tous les anciens joueurs de Rake qui passent un moment dans la prison. Ils ont une cellule spéciale, une nourriture meilleure, des autorisations de sortie pour le week-end.

— Les petits avantages d'une confrérie, glissa Paul.

— On peut dire ça. Tu les apprécieras quand je te mettrai au frais, tout banquier que tu es.

— Continue.

— Un jour où je discutais avec Tugdale, je lui ai demandé ce qui s'était passé à la mi-temps de la finale de 87. Il s'est fermé comme une huître et n'a pas voulu dire un mot. J'ai attendu quelques jours pour faire une nouvelle tentative. Après s'être fait prier, il a fini par dire que Silo avait viré tous les coaches des vestiaires et leur avait interdit de venir au bord du terrain. Il a avoué qu'il y avait eu une dispute assez sérieuse entre Rake et Neely. J'ai demandé sur quoi Neely avait tapé pour se fracturer la main. Un mur ? Une armoire des vestiaires ? Un tableau ? Rien de tout ça. Il avait frappé quelqu'un ? Oui. Mais il n'a pas voulu me dire qui.

— Tu es un bon policier, Mal, déclara Paul. Je voterai peut-être pour toi la prochaine fois.

— On s'en va ? lança Neely. J'en ai assez de cette histoire.

Ils roulèrent une demi-heure en silence, les lumières clignotaient toujours sur le toit de la Ford. De temps en temps, Mal donnait l'impression de s'assoupir sous l'effort de la digestion.

— Je veux bien prendre le volant, lança Neely après que la voiture eut mordu le bas-côté et projeté des pierres sur quelques centaines de mètres.

— Je peux pas, grogna Mal, sortant brusquement de sa torpeur. Ce serait illégal.

Cinq minutes plus tard, il se laissait de nouveau aller doucement au sommeil. Neely se dit que la conversation était le meilleur moyen de le tenir éveillé.

— C'est toi qui as arrêté Jesse? demanda-t-il en resserrant sa ceinture de sécurité.

— Non, c'est la police de l'État.

Mal prit une cigarette. Il changea de position pour se dégourdir : il y avait une histoire à raconter.

— Il s'est fait virer de l'équipe de Miami et virer de la fac. Il a eu de la chance de ne pas aller en taule. Il n'a pas mis longtemps à revenir ici. Il était complètement accro et ne pouvait rien y faire. Sa famille a tout essayé : cures de désintoxication, séjours en établissements fermés, conseillers, tous ces trucs-là. Ça les a mis sur la paille et ça a tué son père. Les Trapp possédaient autrefois huit cents hectares des meilleures terres de la région; il ne leur reste plus rien. Sa pauvre mère vit maintenant seule dans leur grande baraque au toit défoncé.

— Et alors? fit Paul, de l'arrière.

— Et alors, il s'est mis à trafiquer. Mais dealer à petite échelle ne suffisait pas à Jesse. Il avait des contacts dans le comté de Dade; il ne lui a pas fallu longtemps pour mettre sur pied son affaire. Il avait sa propre organisation et de l'ambition à revendre.

— Il n'y a pas quelqu'un qui s'est fait tuer ? demanda Paul.

— J'allais y venir, grogna Mal en lançant un regard noir dans son rétroviseur.

— Je disais ça pour rendre service.

— J'ai toujours rêvé d'avoir un banquier à l'arrière de ma voiture. Un vrai col blanc.

— Moi, j'ai toujours rêvé de faire saisir un shérif.

— Pouce ! coupa Neely. Ça devient intéressant.

Quand Mal changea de nouveau de position, sa bedaine frotta contre le volant.

— Les stups de l'État se sont rapprochés petit à petit, selon leur tactique habituelle. Ils ont alpagué un petit passeur, l'ont menacé de trente ans de prison et de sodomie, l'ont persuadé de trahir ses complices. Ils ont tendu un piège, une livraison, avec des flics des stups dans les arbres et derrière les rochers. Ça s'est mal passé, on a défouraillé de tous les côtés. Un flic a pris une balle dans l'oreille ; il est mort sur le coup. Le petit passeur a été blessé mais il s'en est sorti. Jesse n'était pas sur place mais c'étaient ses hommes. Il est devenu un ennemi public. À peine un an plus tard, il passait devant le juge et prenait vingt-huit ans, sans possibilité de libération conditionnelle.

— Vingt-huit ans, répéta Neely.

— Oui. J'étais dans la salle et j'ai eu pitié de ce salaud. Un type qui avait tout pour réussir une carrière professionnelle. La puissance, la vitesse, la dureté. Rake l'entraînait depuis l'âge de quatorze ans. D'après lui, si Jesse avait signé à A&M comme il le lui avait conseillé, il n'aurait pas mal tourné. Rake assistait au procès, lui aussi.

— Combien de temps a-t-il fait? demanda Neely.

— Neuf ou dix ans, je n'ai pas compté. Vous n'avez pas faim, vous?

— On vient de manger, protesta Neely.

— Ne me dis pas que tu as encore faim, lança Paul.

— Non, mais il y a un petit resto tout près d'ici. Miss Armstrong fait du caramel aux pécans, un régal. J'aime pas passer devant sans m'arrêter.

— Continuons à rouler, fit Neely. Dis-toi que tu n'en as pas envie.

— À chaque jour suffit sa peine, Mal, lança Paul.

Le centre de détention de Bufford se trouvait en rase campagne, tout au bout d'une route pavée, bordée de kilomètres de grillage galvanisé. Neely se sentit déprimé avant même qu'un bâtiment apparaisse à l'horizon.

Quelques coups de téléphone de Mal avaient déblayé le terrain. Ils franchirent sans encombre la grille d'entrée et continuèrent à rouler. À un poste de contrôle, ils changèrent de véhicule, troquant la spacieuse voiture de police contre une sorte de voiturette de golf aux banquettes étroites. Mal prit place à l'avant et commença à discuter avec le conducteur, un surveillant armé jusqu'aux dents. Sur la banquette arrière, le dos tourné aux autres, Neely et Paul regardaient défiler des grillages et des barbelés. Ils tournèrent la tête en passant devant le Camp A, une longue construction sinistre en parpaings ; des prisonniers étaient allongés sur les marches de l'entrée. D'un côté une rencontre de basket faisait rage ; tous les joueurs étaient noirs. De l'autre se déroulait une partie de volley entre Blancs. Les Camps B, C et D étaient d'un aspect tout aussi réjouissant. Neely se demanda comment on pouvait survivre dans un tel environnement.

Après avoir tourné à une intersection, ils passèrent devant le Camp E, d'apparence plus récente. Ils s'arrêtèrent au Camp F et parcourent cinquante mètres à pied, jusqu'à l'endroit où la clôture tournait à angle droit. Le surveillant murmura quelques mots dans sa radio et tendit le bras.

— Suivez la clôture jusqu'au poteau blanc. Il va bientôt sortir.

Neely et Paul longèrent la clôture sur l'herbe fraîchement coupée. Mal et le gardien restèrent où ils étaient et se remirent à discuter.

Derrière le bâtiment, près du terrain de basket, se trouvait un espace cimenté sur lequel étaient disséminés des bancs, des haltères dépareillés et des piles de disques de métal. Des malabars, Noirs et Blancs mélangés, faisaient leur musculation matinale, le torse et le dos luisants de sueur sous le soleil. Ils avaient une tête à soulever de la fonte plusieurs heures par jour.

— Je le vois, fit Paul. Il se lève, là-bas, à gauche.

— C'est bien Jesse, approuva Neely, fasciné par la scène à laquelle peu de gens pouvaient assister.

Un surveillant s'approcha du détenu pour lui dire quelques mots. Jesse tourna vivement la tête et suivit la clôture du regard jusqu'à ce qu'il voie les deux visiteurs. Il jeta sa serviette sur le banc et traversa l'aire cimentée de la démarche lente et assurée d'un Spartiate. Il passa par le terrain de basket, s'engagea sur l'herbe qui courait jusqu'à la clôture.

À quarante mètres, Jesse avait l'aspect d'une armoire à glace et plus il se rapprochait, pire c'était. Paul et Neely furent effrayés par la taille colossale de sa poitrine, de son cou et de ses bras. Ils avaient joué avec lui une seule saison — ils étaient en seconde, Jesse en terminale — et se souvenaient l'avoir vu nu dans les douches. Ils savaient qu'il passait son temps à soulever des haltères très lourds dans la salle de musculation et qu'il avait battu les records des Spartiates pour tous les mouvements.

À présent, il paraissait encore deux fois plus gros, avec une nuque épaisse comme une souche de chêne et des épaules larges comme une porte. Ses biceps et ses triceps avaient une taille démesurée. Ses abdominaux évoquaient les pavés d'une rue. Ses cheveux en brosse faisaient ressortir la symétrie de son crâne. Il s'arrêta en face d'eux et leur sourit.

— Salut, les gars, fit-il, essoufflé par sa séance de musculation.

— Salut, Jesse, fit Paul.

— Comment vas-tu ? demanda Neely.

— Pas mal, je n'ai pas à me plaindre. Je suis content de vous voir. Je n'ai pas beaucoup de visites.

— Nous avons une mauvaise nouvelle, Jesse, reprit Paul.

— Je m'en doute.

— Rake est mort. Il s'est éteint hier soir.

Jesse baissa le menton jusqu'à ce qu'il touche sa poitrine massive; le haut de son corps donna l'impression de s'affaisser.

— Ma mère m'a écrit pour m'annoncer qu'il était malade, fit-il, les yeux fermés.

— Un cancer. Diagnostiqué il y a un an, mais, à la fin, c'est allé très vite.

— Bon Dieu de bon Dieu! Je n'aurais jamais cru que Rake mourrait un jour.

— Nous non plus.

Dix années de détention avaient appris à Jesse à contrôler ses émotions. Il déglutit et rouvrit les yeux.

— Merci d'être venus. Vous n'étiez pas obligés.

— On avait envie de te voir, Jesse, affirma Neely. Je pense souvent à toi.

— Le grand Neely Crenshaw.

— C'est vieux, tout ça.

— Pourquoi ne m'écrirais-tu pas? Il me reste dix-huit ans à tirer.

— Je le ferai, Jesse. C'est promis.

— Merci.

Paul tapa dans l'herbe du bout du pied.

— On voulait te dire qu'un service funèbre sera célébré à sa mémoire demain, au stade. La plupart des anciens joueurs seront présents, pour faire leurs adieux à Rake. Mal pense qu'il lui sera peut-être possible de t'obtenir une permission.

— Pas question, mon vieux.

— Tu as des tas d'amis, là-bas, Jesse.

— D'anciens amis, Paul, des gens que j'ai déçus. Ils me montreront du doigt en disant : « Regardez, c'est Jesse Trapp. Il aurait pu être un grand joueur, mais la drogue a foutu sa carrière en l'air. Elle a bousillé sa vie. Que cela vous serve de leçon, les enfants. Ne touchez pas à cette saloperie... » Non, merci. Je ne veux pas qu'on me montre du doigt.

— Rake aurait aimé que tu y sois, glissa Neely.

Le menton de Jesse s'abaissa, ses yeux se fermèrent. Il y eut un moment de silence.

— J'ai aimé Eddie Rake comme personne d'autre dans toute ma vie, reprit Jesse. Il était au tribunal le jour où j'ai été condamné. J'avais foutu ma vie en l'air et j'en étais humilié. J'avais fait le désespoir de mes parents et cela me rendait malade. Mais le plus douloureux, c'était d'avoir déçu Rake. Ça me fait encore mal. Vous pouvez le mettre en terre sans moi.

— La décision t'appartient, Jesse, fit Paul.

— Merci. C'est non.

Pendant un long moment, les trois hommes gardèrent les yeux baissés en hochant lentement la tête. Paul rompit le silence.

— Je vois ta mère toutes les semaines. Je trouve qu'elle va bien.

— Merci. Elle vient me voir une fois par mois, le troisième dimanche. Vous pourriez passer de temps en temps, pour me dire un petit bonjour. On se sent un peu seul, ici.

— Je viendrai te voir, Jesse.

— Promis ?

— Promis. J'aimerais que tu réfléchisses, pour demain.

— C'est tout réfléchi. Je dirai une prière pour Rake pendant que vous l'enterrerez.

— Comme tu voudras.

— C'est Mal, là-bas ? reprit Jesse en regardant sur sa droite.

— Oui. On est venus dans sa voiture.

— Dites-lui d'aller se faire foutre.

— Je n'y manquerai pas, fit Paul. Avec plaisir.

— Merci, les gars.

Jesse pivota sur ses talons et s'éloigna d'un pas décidé.

Le jeudi, à seize heures, la foule s'écarta devant la grille du stade Eddie Rake et le corbillard fit une manœuvre pour se mettre en position. Le hayon du fourgon mortuaire s'ouvrit ; huit hommes se placèrent sur deux files et descendirent le cercueil. Aucun d'eux n'était un ancien Spartiate. Eddie Rake avait beaucoup réfléchi aux derniers détails. Il avait décidé de ne pas faire de favoritisme : ceux qui porteraient son cercueil avaient été choisis parmi ses assistants.

Le cortège s'étira lentement le long de la piste, conduit par Lila Rake, ses trois filles, leurs maris et une jolie brochette de petits-enfants. Un prêtre suivait, puis venait la batterie de la fanfare des Spartiates, qui exécuta un roulement assourdi en passant devant la tribune.

Au milieu du terrain, entre les deux lignes des quarante yards, avait été dressée une grande tente blanche dont les piquets étaient enfoncés dans des seaux de sable pour préserver la sacro-sainte pelouse. Les porteurs s'arrêtèrent sur la ligne des cinquante yards, à l'endroit précis où Rake s'était tenu de si longues années pour donner ses directives. Le cercueil fut placé sur une table de deuil irlandaise, un meuble ancien appartenant à la meilleure amie de miss Lila, à moitié recouvert de couronnes funéraires.

Quand tout fut en place, la famille se rassembla autour du cercueil pour dire une courte prière. Puis les assistants s'alignèrent.

La file s'étirait sur la piste et se prolongeait au-delà de la grille. Sur la route du stade, les voitures étaient garées pare-chocs contre pare-chocs.

Neely passa trois fois devant la maison avant de trouver le courage de s'arrêter. Une voiture de location stationnait sur l'allée : Cameron était là. L'heure du dîner était largement passée quand il frappa à la porte, presque aussi nerveux que la première fois où il s'était présenté chez elle. Ce jour-là, âgé de quinze ans, le menton débarrassé de son duvet blond, son permis jeune conducteur et vingt dollars en poche, il était venu chercher Cameron dans la voiture de ses parents empruntée pour la soirée. Leur premier vrai rendez-vous. Cela faisait une éternité.

Mme Lane ouvrit la porte, comme d'habitude, mais, cette fois, elle ne reconnut pas Neely.

— Bonsoir, fit-elle d'une voix douce.

C'était encore une belle femme, aimable, qui refusait de vieillir.

— C'est moi, madame Lane. Neely Creenshaw.

— Ah! Oui! Comment allez-vous, Neely?

Il s'était dit qu'il ne serait pas nécessairement le bienvenu dans cette maison et s'était demandé comment il serait reçu. Mais les Lane étaient des gens courtois, mieux éduqués et plus aisés que la moyenne. S'ils gardaient une dent contre lui, ce dont il était certain, ils n'en laisseraient rien paraître. Pas les parents, en tout état de cause.

— Je vais bien, répondit-il.

— Voulez-vous entrer? fit Mme Lane en ouvrant lentement la porte.

— Avec plaisir.

Il s'arrêta dans l'entrée, regarda autour de lui.

— Votre maison est toujours aussi belle, madame Lane.

— Vous êtes trop aimable. Voulez-vous que je vous fasse un thé?

— Non, merci. En fait, je cherche Cameron. Est-elle là?

— Elle est là.

— J'aimerais lui dire bonjour.

— La nouvelle de la mort de M. Rake m'a beaucoup peinée. Je sais ce qu'il représentait pour vous.

— En effet.

Neely continuait de regarder autour de lui, à l'affût de la voix de Cameron.

— Je vais la chercher, fit Mme Lane en s'éloignant.

Neely attendit longtemps. Si longtemps qu'il finit par se tourner vers la vitre ovale de la porte pour observer la rue plongée dans l'obscurité.

Il entendit enfin un bruit de pas derrière lui, puis la voix familière.

— Bonsoir, Neely.

Il se retourna et se trouva face à face avec Cameron. Pendant quelques secondes, les mots lui manquèrent.

— Je passais devant chez toi, finit-il par articuler, et je me suis dit que je pourrais venir te dire bonjour. Cela fait longtemps.

— Oui.

Il avait commis une erreur de jeunesse; ses regrets étaient cuisants.

Cameron était bien plus jolie qu'au lycée, avec son épaisse chevelure auburn retenue par une queue-de-cheval et ses yeux d'un bleu profond mis en valeur par une élégante monture de lunettes griffée. Elle portait un gros pull-over et un jean délavé moulant qui révélaient qu'elle prenait soin de son corps.

— Tu as l'air en pleine forme, fit-il sans dissimuler son admiration.

— Toi aussi.

— Pouvons-nous parler?

— De quoi?

— De la vie, de l'amour, du football. Il y a de fortes chances que nous ne nous revoyions plus et j'ai quelque chose à dire.

Elle ouvrit la porte. Ils traversèrent le porche pour s'asseoir sur les marches. Elle avait laissé de l'espace entre eux; ils restèrent silencieux plusieurs minutes.

— J'ai vu Nat, commença Neely. Il m'a dit que tu vivais à Chicago, que tu étais heureuse en ménage et que tu avais deux petites filles.
— C'est vrai.
— Comment s'appelle ton mari ?
— Jack.
— Jack comment ?
— Seawright.
— Où l'as-tu rencontré ?
— À Washington. J'avais trouvé du boulot là-bas, après la fac.
— Quel âge ont tes filles ?
— Cinq et trois ans.
— Que fait Jack ?
— Des bagels.
— Des bagels ?
— Oui, une sorte de beignet au sucre glace. On ne connaissait pas ça à Messina.
— Je vois. Il a une boutique de bagels ?
— Des boutiques.
— Combien ?
— Cent quarante-six.
— Ah ! Tout va bien pour vous...
— Sa société est estimée à huit millions de dollars.
— Pas mal ! La mienne à douze mille dollars, dans le meilleur des cas.
— Tu avais quelque chose à me dire ?

Elle ne s'était pas départie de sa froideur, n'avait pas montré le moindre intérêt pour la vie de Neely.

Il entendit des pas légers sur le parquet de l'entrée. Mme Lane devait être là, l'oreille collée à la porte. Il y a des choses qui ne changent pas.

Une rafale de vent éparpilla des feuilles de chêne sur le trottoir. Neely se frotta les mains.

— Je me lance, fit-il. Il y a longtemps de cela, j'ai fait quelque chose de très mal, quelque chose dont j'ai eu honte pendant de longues années. J'ai commis une grave erreur. J'ai été stupide, minable, égoïste, méchant et, plus le temps passe, plus les regrets sont amers. Je te présente mes excuses, Cameron, je te demande de me pardonner.

— Tu es pardonné. N'y pense plus.

— Je ne peux pas. Et tu es trop généreuse.

— Nous étions des gamins, Neely ; nous avions seize ans. C'était dans une autre vie.

— Nous étions amoureux. J'étais en adoration devant toi depuis l'âge de dix ans, depuis le temps où nous nous tenions la main derrière le gymnase pour que les autres ne nous voient pas.

— Je n'ai pas envie d'entendre raconter ça.

— Je comprends, mais il faut que je te dise ce que j'ai sur le cœur. Et je te demande de ne pas m'épargner.

— Je m'en suis remise, Neely, même s'il a fallu du temps.

— Pas moi, je le crains

— Vis ta vie, Neely ! Et deviens adulte, tant que tu y es ! Tu n'es plus la vedette de l'équipe de football.

— Voilà, c'est ce que je veux entendre. Je veux que tu me mettes plus bas que terre.

— Tu es venu pour qu'on se dispute, Neely?
— Non, je suis venu te dire à quel point je regrettais ce que j'ai fait.
— Tu l'as dit. Maintenant, j'aimerais que tu partes.

Il se mordit la langue et laissa quelques secondes s'écouler.

— Pourquoi veux-tu que je parte? reprit-il.
— Parce que je ne t'aime pas, Neely.
— Tu as raison.
— Il m'a fallu dix ans pour me débarrasser de ces souvenirs. Quand je suis tombée amoureuse de Jack, j'ai enfin réussi à t'oublier. J'espérais ne jamais te revoir.
— Il t'arrive de penser à moi?
— Non.
— Jamais?
— Une fois par an peut-être, dans un moment de faiblesse. Un jour, Jack regardait un match de football. Le quarterback a été blessé et a quitté le terrain sur une civière. Ce jour-là, j'ai pensé à toi.
— C'était agréable?
— Pas désagréable.
— Moi, je pense tout le temps à toi.

Le mur d'indifférence élevé par Cameron se fissura. Elle soupira, visiblement agacée, et se pencha en avant, les coudes sur les genoux. Derrière eux la porte s'ouvrit; Mme Lane s'avança chargée d'un plateau. Elle le posa par terre, entre sa fille et Neely.

— J'ai pensé qu'une tasse de chocolat vous ferait du bien.

— Merci, fit Neely.

— Il fait frisquet dehors. Cameron, tu devrais mettre des chaussettes.

— Oui, maman.

La porte se referma doucement ; ils n'eurent ni l'un ni l'autre un regard pour le chocolat fumant. Neely voulait avoir une longue conversation, aborder tous les sujets possibles, se pencher sur leur passé. Cameron avait eu des sentiments profonds pour lui ; il voulait le lui entendre dire. Il voulait des larmes et des accès de colère, une franche engueulade. Et il voulait qu'elle lui pardonne du fond du cœur.

— Tu regardais un match de football ? reprit-il.

— Non, Jack regardait. Je ne faisais que traverser la pièce.

— C'est un fan de football ?

— Pas vraiment. Si cela avait été le cas, je ne l'aurais pas épousé.

— Tu détestes toujours ce sport ?

— On peut dire ça. J'ai fait mes études à Hollins, une fac réservée aux filles, pour éviter le football. Ma fille aînée est inscrite dans une petite école privée qui n'a pas d'équipe de football.

— Qu'es-tu venue faire ici ?

— Voir miss Lila. Elle a été mon professeur de piano pendant douze ans.

— C'est vrai.

— Je ne suis certainement pas venue honorer la mémoire d'Eddie Rake.

Cameron prit une tasse de chocolat entre ses deux mains ; Neely l'imita.

Quand il devint évident qu'il n'était pas pressé de partir, elle se lâcha un peu.

— J'avais une amie, à Hollins, dont le frère jouait au football. Un jour, en deuxième année, elle regardait un match quand je suis entrée dans sa chambre. J'ai vu le grand Neely Crenshaw menant de main de maître l'équipe de Tech. Le public était en plein délire, les commentateurs perdaient la voix devant un joueur si prometteur. Je me suis dit : « C'est bien comme ça. C'est ce qu'il a toujours voulu. Être un héros. La foule en adoration, toutes les nanas du campus à ses pieds, s'offrant à lui. Adulé partout où il passe. Voilà Neely. »

— Quinze jours plus tard, j'étais sur un lit d'hôpital.

— Je ne l'ai pas su, fit-elle avec un haussement d'épaules. Je ne suivais pas ta carrière.

— Qui te l'a appris ?

— J'étais revenue pour les vacances de Noël ; j'ai déjeuné avec Nat. Il m'a annoncé que tu ne rejouerais plus jamais. Ce sport est vraiment débile : des jeunes gens restent infirmes jusqu'à la fin de leurs jours.

— Tu as raison.

— Alors, Neely, parle-moi des filles. Que deviennent les groupies, toutes ces petites garces, quand tu n'es plus leur héros ?

— Elles disparaissent.

— Ça a dû te faire très mal.

Nous avançons, songea Neely. Vide ton sac, maintenant.

— Cette blessure ne m'a laissé que de mauvais souvenirs.

— Tu es donc redevenu monsieur tout le monde ?

— Il n'est pas si facile d'être un héros tombé dans l'oubli.

— L'adaptation n'est pas terminée ?

— Quand on a goûté à la célébrité à dix-huit ans, on passe le reste de sa vie à s'étioler. On rêve de la gloire passée en sachant qu'elle a disparu à jamais. Je préférerais ne jamais avoir touché un ballon de football.

— Je n'en crois pas un mot.

— Je serais un mec normal, avec deux bonnes jambes. Et je ne t'aurais pas traitée comme je l'ai fait.

— Épargne-moi les niaiseries, Neely, je t'en prie ! Nous n'avions que seize ans !

Pendant le long silence qui suivit, ils burent quelques gorgées de chocolat tout en se préparant pour le round suivant. Neely pensait à cette rencontre depuis des semaines. Cameron avait été prise au dépourvu, mais il savait que l'élément de surprise ne jouerait pas en sa faveur. Elle aurait toutes les réponses.

— Tu ne dis pas grand-chose, reprit-il.

— Je n'ai rien à dire.

— Vas-y, Cameron ! Tu as l'occasion de me faire du mal.

— Pourquoi te ferais-je du mal ? Tu essaies de me replonger dans des souvenirs douloureux qu'il m'a fallu des années pour oublier. Qu'est-ce qui te permet de croire que j'ai envie de retourner à l'époque du lycée et de cette souffrance ? J'ai réussi à m'en remettre, Neely. Pas toi, visiblement.

— Veux-tu que je te parle de Screamer ?

— Certainement pas !

— Elle travaille comme hôtesse dans un casino de seconde zone, à Las Vegas. D'après Paul Curry, qui l'a vue là-bas, elle est laide et grosse ; à trente-deux ans, elle en fait cinquante. Il semble qu'elle ait tenté sa chance à Hollywood en couchant avec tout le monde pour arriver en haut de l'affiche mais elle s'est trouvée en concurrence avec une foultitude de reines de beauté venues de la campagne faire la même chose qu'elle.

— Qui s'en étonnera ?

— Paul a dit qu'elle avait l'air usé.

— Je n'en doute pas. Elle avait déjà l'air usé au lycée.

— Tu te sens mieux, maintenant ?

— Je me sentais très bien avant que tu débarques, Neely. Ni toi ni ton ex-reine de beauté ne m'intéressez le moins du monde.

— Allons, Cameron, sois franche. Il doit être assez satisfaisant de savoir que Screamer a raté sa vie alors que tout roule pour toi. Tu as gagné.

— Nous ne sommes pas en concurrence. Je me contrefiche de ce qu'elle est devenue.

— Cela n'a pas toujours été vrai.

Cameron posa sa tasse sur le plateau et se pencha en avant.

— Qu'attends-tu de moi, Neely ? Veux-tu que je dise que j'étais folle de toi quand j'avais seize ans ?

Quelle nouveauté! Je te disais tous les jours que je t'aimais. Et tu me le disais aussi. Nous passions notre temps ensemble, nous suivions les mêmes cours, nous ne nous quittions jamais. Et puis tu es devenu une grande vedette et tu as dû te partager. Surtout avec Screamer. Elle avait de longues jambes, un joli petit cul sous ses mini-jupes, une belle poitrine et les cheveux blonds. Elle a réussi à te mettre dans son lit; tu as eu envie de recommencer. J'étais une fille bien et je l'ai payé cher. Tu m'as brisé le cœur, tu m'as humiliée devant tous mes amis, tu as bousillé ma vie pendant des années. Je n'avais plus qu'une envie : quitter cette ville.

— Je ne peux pas croire que j'aie fait tout ça.
— Eh bien, si.

Une pointe d'agressivité perçait dans sa voix. Elle serra les dents, résolue à ne laisser paraître aucune émotion. Il ne la ferait pas pleurer une fois de plus.

— Je regrette tellement, si tu savais.

Neely se leva lentement en prenant garde de ne pas mettre trop de poids sur son genou gauche. Il effleura le bras de Cameron du bout des doigts.

— Merci de m'avoir donné l'occasion de te le dire.
— Je t'en prie.

Il descendit l'allée en boitillant, atteignit le trottoir. Quand il fut près de sa voiture, Cameron se leva.

— Neely, attends! s'écria-t-elle.

Au cours de sa liaison torride avec Brandy Skimmel, alias Screamer, également connue sous le nom de Tessa Canyon, Neely avait eu l'occasion de parcourir les rues les moins éclairées de Messina. Au sortir de la ville, sur la route de Karr's Hill, ils s'arrêtèrent un moment pour regarder le stade. La file des admirateurs anonymes venus rendre un dernier hommage à Eddie Rake s'étirait sur la piste et se prolongeait au-delà de la grille du stade. Le parking était rempli de véhicules qui arrivaient ou repartaient.

— On m'a dit que Rake, après son limogeage, venait ici pour regarder les matches.

— On aurait dû le jeter en prison, lança Cameron.

C'était la première fois qu'elle ouvrait la bouche depuis qu'ils étaient partis.

Ils se garèrent près d'un terrain d'entraînement et entrèrent sur le stade par un petit portillon, côté visiteurs. Ils gravirent les marches des gradins et prirent place tout en haut. La distance qu'ils avaient laissée entre eux s'était réduite. Ils observèrent longuement la scène qui se déroulait de l'autre côté du terrain.

La tente blanche s'élevait comme une petite pyramide face à la tribune opposée. D'où ils se trouvaient, le cercueil était à peine visible, mais ils distinguaient la foule qui se pressait autour. Miss Lila et le reste de la famille étaient partis. De chaque côté de la tente et le long de la ligne de touche, les fleurs s'accumulaient. Le cortège silencieux avançait pas à pas. Les amis du défunt et la foule anonyme attendaient patiemment le moment de signer le registre de condoléances, d'apercevoir le cercueil, de verser une larme et de s'incliner devant la dépouille du grand homme. Dans les gradins, les joueurs de Rake étaient rassemblés par petits groupes. Certains parlaient, d'autres riaient, la plupart se recueillaient.

De l'autre côté du stade, dans la tribune des visiteurs, Neely et Cameron étaient seuls.

— Qui sont tous ces gens, là-haut ? demanda Cameron, presque à mi-voix.

— Des joueurs, de tous les âges. J'étais parmi eux hier et avant-hier soir, avant que Rake meure.

— Ils sont tous revenus à Messina ?

— La plupart. Toi aussi, tu es revenue.

— Bien sûr. Nous enterrons un concitoyen illustre.

— Tu n'as jamais aimé Rake, n'est-ce pas ?

— On peut dire ça. Miss Lila est une femme forte mais elle ne faisait pas le poids. C'était un dictateur, sur le terrain, qui avait du mal à changer de comportement dans la vie domestique. Je n'avais pas de sympathie pour Eddie Rake.

— Et tu détestais le football.

— Je le détestais à cause de toi.

— Bravo !

— Un sport idiot. Des hommes d'âge mûr pleurant sur une défaite. Une ville entière soumise au rythme des rencontres. Des petits déjeuners de prière le vendredi matin, comme si le Seigneur avait quoi que ce soit à faire d'un match de football scolaire. Plus d'argent consacré à l'équipe qu'à tous les autres sports réunis. Quand on idolâtre des gamins de dix-sept ans, ils ne mettent pas longtemps à se croire dignes du culte qu'on leur rend. Il y avait deux poids et deux mesures, au lycée. Quand un joueur de l'équipe se faisait prendre en train de tricher à un examen, on étouffait le scandale. Pour les autres, c'était l'exclusion. Et toutes ces oies blanches en extase devant les Spartiates. Messina a ses vierges prêtes pour le sacrifice. Chaque joueur a sa propre esclave, qui lui prépare des cookies le mercredi, lui envoie un petit mot le jeudi et astique son casque le vendredi. Et à quoi a-t-il droit, le samedi, Neely, à un coup vite fait ?

— Seulement s'il le demande.

— Comme c'est triste ! Merci de m'avoir évité ça !

Avec un recul de quinze années, cela paraissait effectivement idiot.

— Mais tu venais voir les matches, insista Neely.

— Quelques-uns. Tu ne peux pas imaginer comme cette ville est morte, le vendredi soir. Il n'y a pas âme qui vive dans les rues. Je venais avec Phoebe Cox ; on regardait le match de la tribune des visiteurs. On priait pour que Messina perde mais cela n'arrivait jamais. On se moquait de la fanfare, des cheerleaders et de tout le reste, parce qu'on n'en faisait pas partie. J'avais hâte de partir en fac.

— Je savais que tu étais dans ces tribunes.

— Ce n'est pas vrai.

— Je le savais, je te le jure.

Un ou deux rires lointains leur parvinrent ; quelqu'un venait sans doute de raconter une anecdote sur Rake. Neely distinguait Silo et Paul au milieu d'un groupe d'une dizaine d'anciens joueurs, juste au-dessous de la cabine de presse. Apparemment, la bière coulait à flots.

— Quand tu m'as chassée de ta vie, il me restait encore deux ans à passer dans cette ville. Parfois, dans un couloir, dans la bibliothèque ou même dans la salle de classe, nos regards se croisaient, fugitivement. À ces instants-là, tu perdais ton petit sourire supérieur et l'air arrogant du héros. Pendant cette fraction de seconde, tu me regardais comme un être humain et je comprenais que tu tenais encore à moi. Un mot de toi et je t'aurais repris.

— J'en rêvais.
— J'ai de la peine à le croire.
— C'est la vérité.
— Mais il y avait les joies du sexe.
— Je n'y pouvais rien.
— Félicitations, Neely! Ton aventure avec Screamer a commencé quand vous aviez seize ans. Regarde-la aujourd'hui : grosse et usée.
— As-tu su qu'elle avait été enceinte?
— Tu rigoles? Des bruits comme ça, il y en a tout le temps.
— L'été d'avant notre terminale, elle m'a annoncé qu'elle attendait un enfant.
— Rien d'étonnant. C'est une loi biologique.
— Je l'ai emmenée à Atlanta où elle s'est fait avorter. Je te jure que je n'en ai jamais dit un mot à personne.
— Vingt-quatre heures de repos et ça repart!
— À peu près.

— Écoute, Neely, j'en ai assez de t'entendre parler de ta vie sexuelle. Elle m'a coûté assez cher comme cela. Soit tu changes de sujet, soit je m'en vais.

Dans le long silence embarrassé qui suivit, ils cherchèrent de quoi ils pouvaient parler. Une brise leur soufflait sur le visage; Cameron croisa les mains sur sa poitrine. Neely résista à l'envie de se pencher vers elle pour la prendre dans ses bras Jamais elle ne se laisserait faire.

— Tu ne m'as pas posé de questions sur ce qu'est ma vie aujourd'hui, reprit-il.

— Excuse-moi. J'ai cessé de penser à toi depuis bien longtemps. Je ne veux pas te mentir, Neely : tu ne comptes plus pour moi.

— Tu as toujours été très directe.

— Un bon moyen de ne pas perdre son temps.

— Je suis dans l'immobilier. Je vis seul, avec un chien. Je sors avec une fille qui ne me plaît pas et une autre qui a deux enfants. Mon ex-femme me manque.

— Pourquoi avez-vous divorcé?

— Elle a fait deux fausses couches, la seconde au quatrième mois, et elle a craqué. J'avais commis l'erreur de lui dire que, dans ma jeunesse, j'avais payé pour un avortement; elle m'en voulait d'avoir perdu ses bébés. Elle avait raison : le véritable coût d'un avortement est bien plus élevé que les trois cents dollars qu'on verse à la clinique.

— Je suis triste pour toi.

— Dix ans presque jour pour jour après mon voyage à Atlanta avec Screamer, ma femme a fait sa seconde fausse couche. Un petit garçon.

— Cette fois, je m'en vais, Neely.
— Excuse-moi.

Ils reprirent place sur les marches du porche. Les lumières de la maison étaient éteintes ; les parents de Cameron dormaient. Il était plus de onze heures.

— Je crois que tu devrais partir, fit Cameron au bout de quelques minutes.

— Tu as raison.

— Tu as dit tout à l'heure que tu pensais tout le temps à moi. Je suis curieuse de savoir pourquoi.

— Avant que ma femme fasse sa valise, je ne soupçonnais pas à quel point on souffre quand on a le cœur brisé. Un vrai cauchemar. J'ai enfin compris ce que tu avais enduré, j'ai pris conscience de ma cruauté.

— Tu t'en remettras. Cela prend une dizaine d'années.

— Merci.

Neely descendit l'allée. Arrivé sur le trottoir, il fit demi-tour.

— Quel âge a Jack ? demanda-t-il.

— Trente-sept ans.

— Statistiquement, il devrait mourir le premier. Appelle-moi quand il ne sera plus de ce monde. J'attendrai.

— Bien sûr !

— Je le jure. N'est-il pas réconfortant de savoir que quelqu'un t'attendra jusqu'à la fin de ses jours ?

— Je ne m'étais jamais posé la question.

Neely se pencha, la regarda dans les yeux.
— Je peux t'embrasser sur la joue?
— Non.
— Un premier amour a quelque chose de magique, Cameron. Quelque chose dont je garderai à jamais la nostalgie.
— Adieu, Neely.
— Je peux te dire que je t'aime?
— Non. Adieu, Neely.

Vendredi

Toute la ville de Messina était en deuil. Le vendredi matin, dès dix heures, les boutiques, les cafés et les bureaux de la grand-place avaient fermé. Les élèves avaient quitté les établissements scolaires. Le tribunal garderait ses portes fermées ; les usines de la périphérie de la ville avaient donné leur journée aux ouvriers mais ceux-ci n'avaient pas le cœur à faire la fête.

Mal Brown avait disposé ses adjoints autour du lycée. Dès le milieu de la matinée, sur la route du stade, les voitures étaient pare-chocs contre pare-chocs. À onze heures, les tribunes étaient presque pleines ; les anciens joueurs, les héros d'antan, se rassemblaient autour de la tente, au milieu du terrain. Ils portaient pour la plupart le maillot vert offert à la fin de la saison. Quantité de ces maillots étaient fort étirés à la hauteur de la taille. Quelques-uns — les avocats, les médecins, les banquiers – portaient une veste sport sur leur maillot mais le vert des Spartiates restait visible.

Les supporters massés dans les gradins contemplaient le terrain, ravis de retrouver les anciennes vedettes. Les plus admirés étaient les joueurs dont le numéro avait été retiré. « Voilà Roman Armstead, le 81, qui a joué chez les Packers de Green Bay ! » « Et voilà Neely, le 19 ! »

Sous la tente, le quatuor à cordes des terminales jouait une musique douce que la sono diffusait d'un bout à l'autre du terrain. La population continuait d'affluer.

Le cercueil n'était plus là : Eddie Rake avait été enterré le matin même. Miss Lila et la famille arrivèrent sans cérémonie. Pendant une demi-heure, devant la tente, ils reçurent les condoléances d'anciens Spartiates. Peu avant midi, le prêtre fit son apparition, suivi d'un chœur. Quand les tribunes furent combles, les retardataires se disposèrent le long de la barrière qui bordait la piste. Rien ne pressait : c'était un moment dont les bonnes gens de Messina garderaient à jamais le souvenir.

Rake avait émis le souhait que ses joueurs soient sur le terrain, massés autour de la petite estrade élevée près de la tente. Dans leur maillot vert. On l'avait appris par le bouche à oreille, dans les jours précédant sa mort. Sur une bâche déroulée sur la piste, plusieurs centaines de chaises avaient été disposées en demi-cercle. Vers midi et demi, le père McCabe donna le signal aux joueurs qui s'installèrent sur les sièges. Miss Lila et la famille prirent place aux deux premiers rangs.

Neely se trouvait entre Paul et Silo, entouré de trente autres membres de l'équipe de 87. Deux étaient morts, six disparus sans laisser d'adresse. Les autres n'avaient pu se libérer.

Quand une cornemuse émit ses sons plaintifs dans l'en-but nord, le silence se fit dans la foule. Silo essuya furtivement une larme ; il n'était pas le seul. Aux dernières notes, qui flottaient mélancoliquement au-dessus du terrain, l'assistance était prête à donner libre cours à ses émotions. Le père McCabe s'avança sur l'estrade improvisée et régla le micro.

— Bonjour à tous, commença-t-il d'une voix aiguë, répercutée par les haut-parleurs à un kilomètre à la ronde. Nous sommes réunis pour célébrer la mémoire d'Eddie Rake. Au nom de Mme Lila Rake, de ses trois filles, de ses huit petits-enfants et de toute la famille, je vous souhaite la bienvenue et vous remercie d'être avec nous.

Il tourna une page, attendit un moment avant de poursuivre.

— Carl Edward Rake est venu au monde il y a soixante-douze ans, à Gaithersburg, Maryland. À l'âge de vingt-quatre ans, il épouse Lila Saunders. Quatre ans plus tard, il se voit confier par le conseil d'établissement du lycée de Messina le poste d'entraîneur en chef de l'équipe de football. Il a vingt-huit ans et aucune expérience professionnelle ; il a toujours dit qu'il avait obtenu ce poste car personne d'autre n'en voulait. Il l'a occupé durant trente-quatre ans, a remporté plus de quatre cents matches et gagné treize championnats de l'État, mais vous connaissez son palmarès. Plus important, peut-être, il faisait partie de notre vie à tous. Eddie Rake a rendu le dernier soupir mercredi soir. Il a été porté en terre ce matin, dans la plus stricte intimité. À sa demande et avec le consentement de la famille Reardon, il a été inhumé à côté de Scotty. Eddie Rake m'a confié la semaine dernière que, la nuit, il rêvait de Scotty et qu'il avait hâte de le retrouver, de le prendre dans ses bras et de lui faire savoir à quel point il regrettait.

McCabe s'interrompit pour laisser ses paroles pénétrer dans les esprits. Il ouvrit une Bible.

Au moment où il s'apprêtait à reprendre la parole, il se fit un tumulte près de la grille du stade. Une radio crachotait bruyamment, des portières claquaient, des voix s'élevaient. Des gens couraient en tous sens. Le prêtre regarda ce qui se passait ; toutes les têtes se tournèrent.

Un colosse franchissait la grille et s'engageait d'un pas vif sur la piste. C'était Jesse Trapp, escorté par deux gardiens de prison. Il portait un pantalon et une chemise kaki impeccablement repassés, fournis par l'administration pénitentiaire ; on avait ôté ses menottes mais ses gardiens avaient été choisis d'un gabarit équivalent au sien. Un frisson parcourut l'assistance quand on le reconnut. Jesse marchait fièrement le long de la ligne de touche, la tête haute, le dos droit, mais il paraissait quelque peu déconcerté.

Où allait-il s'asseoir ? Sa place était-elle là ? Quel accueil allait-on lui faire ? Au moment où il arrivait à la hauteur des tribunes, une silhouette dans la foule attira son attention. Une voix cria son nom et il s'arrêta net.

Un petit bout de femme se tenait devant la barrière. Il s'élança vers elle et la serra contre lui de toutes ses forces tandis que les deux gardiens se consultaient du regard pour décider si leur prisonnier avait le droit de prendre sa mère dans ses bras.

D'un sac en papier tout froissé, Mme Trapp sortit un maillot vert. Le numéro 56, retiré en 1985. En le prenant, Jesse se tourna vers les anciens joueurs rassemblés devant la tente, qui tendaient le cou pour ne rien perdre de la scène. Devant les dix mille personnes qui avaient en d'autres temps scandé son nom, il déboutonna prestement sa chemise et la retira, exposant aux yeux de tous son impressionnante musculature. Il donnait l'impression de prendre son temps, pour permettre à chacun d'en profiter. Le père McCabe attendait, sans montrer d'impatience.

Quand le maillot fut déplié, il l'enfila en le faisant passer par-dessus sa tête et tira de-ci, de-là pour le mettre en place. Le vêtement était tendu sur les biceps, sur le torse et le cou, mais les Spartiates présents auraient payé cher pour que leur propre maillot leur aille aussi bien. Le tissu flottait sur sa taille fine ; quand Jesse le rentra dans son pantalon, on crut que le maillot allait se déchirer. L'opération terminée, Jesse étreignit de nouveau sa mère.

Quelqu'un applaudit, puis plusieurs personnes se levèrent en battant des mains. Bienvenue, Jesse, nous t'aimons toujours. Un vacarme s'éleva des gradins tandis que les spectateurs se levaient en masse. Un tonnerre d'applaudissements retentit dans le stade : la population de Messina ouvrait les bras à un héros déchu. Jesse salua de la tête, puis d'un geste embarrassé de la main en se dirigeant lentement vers l'estrade. L'ovation s'amplifia encore quand il serra la main du prêtre et prit miss Lila dans ses bras. Il s'avança entre deux rangées d'anciens joueurs, finit par trouver un siège libre qui sembla fléchir sous son poids. Quand Jesse fut enfin installé, des larmes coulaient sur ses joues.

Le père McCabe attendait toujours que le calme soit revenu ; il prenait son temps, comme tout le monde. Il régla son micro.

— Un des versets préférés d'Eddie Rake était celui du Psaume 23, que nous avons lu ensemble lundi dernier et qui dit : « Si je devais traverser la vallée où règnent les ténèbres de la mort, je ne craindrais aucun mal, car Tu es auprès de moi : Ta houlette me conduit et Ton bâton me protège. » Eddie a vécu sans crainte. Il enseignait à ses joueurs que celui qui est timoré n'a pas sa place chez les vainqueurs. Que celui qui ne prend pas de risque ne reçoit pas de récompense. Il y a quelques mois, Eddie Rake s'est soumis à l'inéluctable. Il n'avait peur ni de la maladie ni des souffrances qui l'accompagneraient. Il n'avait pas peur de faire ses adieux à ceux qu'il aimait. Il n'avait pas peur de la mort. Sa foi était forte, inébranlable. « La mort n'est que le commencement », aimait-il à dire.

McCabe s'inclina légèrement et descendit de l'estrade. Un chœur d'une église noire, composé de femmes en robe écarlate et or, se mit aussitôt à fredonner et se lança sans tarder dans une exécution éblouissante d'un cantique – *Amazing Grace* – qui suscita une vive émotion dans la foule. Et qui fit remonter les souvenirs à l'esprit des Spartiates; ils se plongèrent dans l'évocation des images de leur coach.

Quand Neely pensait à Rake, cela commençait toujours par la gifle, le nez cassé, le coup de poing et la victoire arrachée sur le terrain pour décrocher le titre. Il devait se forcer pour aller chercher plus loin, dépasser le pénible incident et retrouver les souvenirs des bons moments.

Rares sont les entraîneurs capables de motiver leurs joueurs au point qu'ils consacrent tous leurs efforts à quêter son approbation. Depuis l'âge de douze ans, quand il avait enfilé sa première tenue, Neely s'était efforcé de retenir l'attention de Rake. Au long des six années suivantes, chaque passe réussie, chaque exercice exécuté, chaque schéma de jeu mémorisé, chaque haltère soulevé, chaque heure passée à transpirer, chaque discours d'avant-match, chaque touchdown marqué, chaque rencontre remportée, chaque distinction obtenue, chaque tentation repoussée, tout avait été accompli pour plaire à Eddie Rake. Il aurait voulu voir le visage du coach quand on lui décernerait le trophée Heisman. Il rêvait du coup de téléphone que lui donnerait Rake quand Tech remporterait le titre national.

Rares sont les entraîneurs qui aggravent le poids des échecs bien après le temps du sport. Quand les médecins avaient annoncé à Neely qu'il ne pourrait plus jamais jouer, il avait eu le sentiment d'avoir déçu les attentes de Rake. Quand son mariage avait capoté, il s'était représenté le regard désapprobateur de Rake. Quand sa modeste société immobilière avait périclité par manque d'ambition, il s'était dit que Rake lui aurait fait la leçon s'il l'avait eu en face de lui. La mort du coach ferait peut-être disparaître la poisse qui s'attachait à lui. Mais il en doutait.

Ellen Rake Young, la fille aînée, s'avança sur l'estrade et déplia une feuille de papier. Comme ses sœurs, elle avait eu la sagesse de quitter Messina dès la fin de ses études secondaires pour n'y revenir que lorsque des affaires de famille l'exigeaient. L'ombre du père était trop étouffante pour que les enfants puissent s'épanouir dans une si petite ville. Ellen avait quarante-cinq ans. Psychiatre à Boston, elle paraissait égarée dans cette assemblée.

— Au nom de notre famille, je vous remercie pour vos prières et le soutien que vous nous avez apportés ces dernières semaines. Mon père est mort avec beaucoup de courage et de dignité. Les dernières années passées à Messina n'ont pas été les plus heureuses de sa vie, mais il éprouvait de l'amour pour cette ville et ses habitants, tout particulièrement pour ses joueurs.

Les joueurs en question n'avaient jamais entendu le mot amour dans la bouche de leur coach. S'il les avait aimés, il avait eu une manière bien à lui de le montrer.

— Mon père, poursuivit Ellen, a écrit une petite lettre qu'il m'a demandé de lire.

Elle ajusta ses lunettes, s'éclaircit la voix et commença sa lecture.

— Ici Eddie Rake, qui s'adresse à vous d'outre-tombe. Si vous pleurez, séchez vos larmes.

Ces mots provoquèrent quelques rires dans l'assistance qui avait besoin de détente.

— Je n'ai jamais pleuré. Ma vie sur terre est achevée ; ne pleurez pas pour moi. Et ne pleurez pas en souvenir du passé. Il ne faut jamais regarder en arrière : il y a trop à faire. J'ai eu la chance d'avoir une vie merveilleuse. Je me réjouis que Lila ait accepté de devenir ma femme. Le Seigneur nous a donné trois belles filles et, à ce jour, huit petits-enfants adorables. Avec cela, tout homme pourrait s'estimer comblé. Mais le Seigneur m'a accordé d'autres faveurs. Il m'a fait découvrir le football et Messina qui est devenue ma patrie. C'est là que je vous ai connus, mes amis, mes joueurs. J'ai toujours eu beaucoup de mal à laisser paraître mes sentiments, mais je tiens à ce que vous, mes joueurs, sachiez que je vous ai chéris, tous, jusqu'au dernier. Quel être sain d'esprit consacrerait trente-quatre ans de sa vie à entraîner des équipes de football ? Pour moi, c'était facile : j'aimais mes joueurs. J'aurais voulu pouvoir le leur dire mais ce n'était pas dans ma nature. Nous avons accompli de belles choses, mais je ne tiens pas à insister sur les victoires ni sur les titres. Je mets au contraire ce moment à profit pour exprimer deux regrets.

Ellen s'interrompit et s'éclaircit de nouveau la voix. L'assistance retenait son souffle.

— Deux regrets seulement en trente-quatre ans. J'ai eu de la chance, on peut le dire. Le premier concerne Scotty Reardon. Je n'avais jamais imaginé que je pourrais être responsable de la mort d'un de mes jeunes mais j'assume cette tragédie. Depuis, tous les jours de ma vie, je l'ai revu mourant dans mes bras. J'ai fait part de mes sentiments aux parents de Scotty qui, je l'espère, ont fini par me pardonner. Je tiens plus que tout à leur pardon et je l'emporterai dans ma tombe. Je suis maintenant auprès de Scotty pour l'éternité; par-delà la mort, nous nous sommes réconciliés.

Ellen s'interrompit pour boire une gorgée d'eau.

— Le second regret de ma vie remonte au jour de la finale du championnat de 1987. À la mi-temps, dans un accès de fureur, j'ai agressé un de mes joueurs, le quarterback de l'équipe. Un acte criminel qui aurait dû me valoir une radiation à vie. En voyant cette équipe l'emporter sur le fil contre toute attente, j'ai éprouvé une immense fierté mêlée de chagrin. Cette victoire a pour moi été la plus belle de ma carrière. Pardonnez-moi, vous tous qui étiez présents.

Neely jeta un coup d'œil autour de lui. Toutes les têtes étaient baissées, les yeux fermés pour la plupart Silo s'essuyait les joues

— Assez de pensées tristes, poursuivit Ellen. Que Lila, mes filles et tous les petits-enfants soient assurés de ma profonde affection. Nous nous retrouverons bientôt dans l'autre monde, notre Terre promise. Que Dieu vous accompagne.

La voix se tut et le chœur entonna un nouveau cantique. Dans l'assistance, les larmes coulaient sans retenue.

Neely se demanda si Cameron parvenait à rester de marbre. Probablement.

Rake avait souhaité que les éloges funèbres soient faits par trois anciens Spartiates en particulier. Concis, avait-il précisé sur son lit de mort. Le premier était Mike Hilliard, devenu juge itinérant dans une petite ville distante de cent cinquante kilomètres de Messina. Contrairement à la plupart des anciens joueurs, il était en tenue de ville : complet froissé et nœud papillon de guingois. Il saisit le micro à deux mains.

— J'ai joué dans la première équipe d'Eddie Rake, en 1958, commença-t-il d'une voix traînante et aiguë. La saison précédente, le bilan était de trois victoires pour sept défaites, ce qui, à l'époque, était considéré comme satisfaisant puisque nous avions battu Porterville dans le dernier match. L'ancien coach venait de nous quitter en emmenant ses assistants et nous n'étions même pas sûrs de trouver quelqu'un pour nous entraîner. Le lycée a engagé un jeune gars nommé Eddie Rake, qui n'était pas beaucoup plus vieux que nous. La première fois qu'il s'est adressé à l'équipe, il a dit que nous étions une bande de losers, que l'habitude de la défaite est contagieuse et que, si nous ne voulions pas en changer, nous pouvions prendre la porte. Nous étions quarante et un à avoir choisi le football, cette année-là. Au mois d'août, Rake nous a emmenés dans un camp d'été, dans le comté de Page. Au bout de quatre jours, l'équipe était réduite à trente joueurs. À la fin de la première semaine, nous n'étions plus que vingt-cinq et nous commencions à nous demander si nous serions assez nombreux pour former une équipe. Les entraînements étaient d'une incroyable dureté. Un car à destination de Messina partait tous les jours, en fin d'après-midi ; nous étions libres de le prendre. À la fin de la deuxième semaine, comme il restait vide, il a cessé de circuler. Ceux qui avaient baissé les bras racontaient chez eux des histoires horribles sur ce qui se passait dans le Camp Rake, comme on n'a pas tardé à l'appeler. Nos parents étaient inquiets. Ma mère m'a confié par la suite qu'elle avait eu le sentiment que j'étais parti à la guerre. J'ai malheureusement vu la guerre de près : elle était préférable à la discipline du Camp Rake. À notre retour, nous étions vingt et un et nous n'avions jamais été en si bonne forme physique. Nous étions petits et lents, nous n'avions pas de quarterback, mais nous étions motivés. Nous avons joué notre premier match à domicile contre Fulton, une équipe qui nous avait humiliés la saison précédente. À la mi-temps, nous menions vingt à zéro ; Rake nous a passé un savon, car nous avions commis quelques erreurs. Sa stratégie était d'une simplicité géniale · s'en tenir aux fondamentaux et travailler sans relâche, jusqu'à ce qu'on soit en mesure de les exécuter à la perfection. À la fin de ce match, nous faisions la fête dans les vestiaires quand Rake est entré et nous a ordonné de la fermer. À l'évidence, notre exécution n'avait pas été parfaite. Il nous a demandé de garder notre équipement. Quand le stade a été vide, nous sommes revenus sur le terrain et nous nous sommes entraînés jusqu'à minuit. Nous avons répété deux schémas de jeu jusqu'à ce que les onze joueurs les connaissent sur le bout du doigt. Nos copines nous attendaient. Nos parents nous attendaient. On commençait à murmurer que le coach était cinglé ; les joueurs le savaient déjà. Cette année-là, nous avons remporté huit victoires contre deux défaites ; la légende d'Eddie Rake prenait corps. La saison suivante, nous avons concédé une seule défaite, puis, en 1960, pour la première fois de son histoire, l'équipe de Rake a terminé la saison invaincue. J'étais en fac et je ne pouvais pas revenir tous les vendredis, même si j'en mourais d'envie. Quand on a joué pour Rake, on devient membre d'un club très fermé et on suit les équipes qui viennent après soi. Pendant trente-deux ans, j'ai suivi d'aussi près que possible les matches des Spartiates. J'étais là-haut, dans les gradins, quand la Série a commencé, en 1964. J'étais à South Wayne quand elle s'est achevée, en 1970. Avec vous tous, j'ai vu jouer les plus grands : Wally Webb, Roman Armstead, Jesse Trapp, Neely Crenshaw. Sur les murs de mon petit bureau j'ai accroché les photographies des trente-quatre équipes de Rake ; tous les ans, il m'envoyait la dernière. Il m'arrivait souvent, quand je travaillais sur des dossiers, d'allumer ma pipe et de me planter devant les photos de tous ces garçons qu'il avait entraînés. Des garçons blancs et très maigres dans les années 50, avec les cheveux en brosse et un sourire innocent. Des cheveux plus longs dans les années 60, des sourires plus rares, des visages déterminés, comme s'ils sentaient planer les menaces de la guerre du Vietnam et des affrontements pour les droits civiques. Dans les années 70 et 80, les sourires étaient ceux de jeunes gens noirs et blancs, bien plus costauds, portant des tenues plus sophistiquées. Certains d'entre eux étaient les fils de mes coéquipiers. Je savais que chacun de ces joueurs avait reçu la marque indélébile d'Eddie Rake. Ils avaient les mêmes schémas de jeu que nous, écoutaient les mêmes paroles d'encouragement et essuyaient les mêmes reproches que nous, ils subissaient comme nous les rigueurs du camp d'entraînement estival. Tous autant que nous sommes, nous avons éprouvé à un moment ou à un autre une haine profonde pour notre coach. Mais tout a une fin. Mais aujourd'hui qu'il ne reste plus que nos photographies sur un mur, nous passons notre vie à évoquer cette époque avec nostalgie. La plupart de ces joueurs dont les photographies tapissent les murs de mon bureau sont présents aujourd'hui en chair et en os. Ils ont pris de l'âge, des cheveux gris, de l'embonpoint. Et ils sont tous profondément tristes au moment de faire leurs adieux à Eddie Rake. Pourquoi cette émotion ? Pourquoi sommes-nous ici ? Pourquoi les tribunes sont-elles une fois de plus pleines à craquer ? Je vais vous dire pourquoi. Bien peu d'entre nous réaliseront quelque chose qui restera dans la mémoire collective. Nous ne sommes pas de grands hommes. Bons, honnêtes, droits, travailleurs, loyaux, attentionnés, généreux... nous pouvons avoir toutes ces qualités mais nous ne sommes pas de grands hommes. La grandeur se rencontre si rarement qu'elle attire irrésistiblement. Eddie Rake nous a permis à tous, joueurs et supporters, d'en avoir une parcelle. C'était un grand coach qui a bâti de grandes équipes et une grande tradition, qui nous a offert quelque chose de grand qui restera à jamais dans notre cœur. Nous aurons, je le souhaite, une vie longue et heureuse, mais jamais plus nous n'approcherons de si près la grandeur. Voilà pourquoi nous sommes ici. Quoi que l'on ait éprouvé pour Eddie Rake, on ne peut nier que c'était un grand homme. Et un homme bien. Mes plus beaux souvenirs remontent au temps où je portais le maillot vert. J'entends encore sa voix, je frémis à ses accès de colère, je lis la fierté dans ses yeux. Je regretterai à jamais le grand Eddie Rake.

Il s'inclina et s'écarta brusquement du micro. Des applaudissements presque gênés crépitèrent dans l'assistance. Dès qu'il fut assis, un Noir en complet gris gonflé par de larges épaules s'avança d'une démarche digne. Le maillot vert apparaissait sous sa veste. Il laissa son regard courir sur la foule agglutinée autour de lui.

— Bonjour, commença-t-il d'une voix de stentor qui rendait le micro inutile. Je suis le révérend Collis Suggs, de l'Église de Dieu dans le Christ, de Bethel, à Messina.

Des présentations inutiles; tous les habitants de la ville et des comtés avoisinants le connaissaient. Il avait été le premier capitaine noir des Spartiates, nommé par Eddie Rake en 1970. Il avait joué quelques mois dans l'équipe de l'université A&M de Floride jusqu'à ce qu'il se casse la jambe. Plus tard, il était devenu un ministre du culte. À la tête d'une importante congrégation, il s'était lancé dans l'action politique. Pendant des années, il avait été de notoriété publique qu'il était impossible de se faire élire sans le soutien d'Eddie Rake et de Collis Suggs.

Trois décennies de prêches avaient conféré au révérend Suggs une grande facilité d'élocution. Sa diction était parfaite, les intonations de sa voix captivaient son auditoire. Eddie Rake avait coutume, le dimanche soir, de s'installer discrètement au dernier rang de l'église de Bethel pour le simple plaisir d'écouter le prêche de son ancien capitaine.

— J'ai joué pour Eddie Rake en 1969 et 1970, poursuivit le pasteur. En 1969, à la fin du mois de juillet, alors que l'affaire *Brown* traînait depuis quinze ans et que la ségrégation était encore en vigueur dans la plupart des établissements scolaires du Sud, la Cour suprême a pris des décisions drastiques. Elles ont changé notre vie. Un soir de cet été-là, nous jouions au basket dans le gymnase de Section High, le lycée noir, quand le coach Thomas, l'assistant d'Eddie Rake, est venu nous dire : « Le bus vous attend. Nous allons au lycée de Messina, les gars. Vous allez devenir des Spartiates. » Nous sommes montés dans le bus et Thomas a pris le volant. Nous étions une douzaine, déconcertés et un peu effrayés. On nous avait répété que l'intégration des Noirs au système d'éducation était imminente mais on ne voyait rien venir. Le lycée de Messina avait ce qui se faisait de mieux : de magnifiques bâtiments, de beaux terrains, un immense gymnase, des trophées en quantité, une équipe de football qui, à ce moment-là, restait sur cinquante ou soixante victoires d'affilée. Et il y avait un coach qui se prenait pour Vince Lombardi. Nous étions intimidés et nous savions qu'il allait nous falloir du courage. Quand nous sommes arrivés, l'équipe de football faisait des haltères dans une grande salle de musculation, avec une quantité incroyable de matériel. Ils étaient une quarantaine, dégoulinants de sueur, qui travaillaient en musique. Quand nous sommes entrés, le silence s'est fait. Ils nous ont regardés ; nous les avons regardés. Eddie Rake s'est approché et nous a simplement dit : « Bienvenue dans votre nouveau lycée. » Les joueurs sont venus nous serrer la main. Rake nous a fait asseoir sur les tapis et s'est lancé dans un petit speech. Il a dit qu'il ne s'occuperait pas de la couleur de notre peau, que tous ses joueurs étaient en vert. Que tout le monde serait mis sur le même pied. Que seul le travail menait à la victoire et qu'il ne connaissait pas le mot perdre. Je m'en souviens comme si j'y étais. Ce jour-là, ce soir-là, assis sur ce tapis en caoutchouc, j'ai été fasciné. Il est aussitôt devenu mon coach. Il avait le don de motiver ses joueurs : dès ces premiers instants, j'ai eu envie de mettre les épaulettes et d'étendre un ou deux adversaires.

Quinze jours plus tard, nous en étions à deux entraînements par jour. Jamais je n'ai autant souffert de ma vie. Rake avait dit vrai. La couleur de la peau n'y faisait rien ; il nous traitait tous comme des chiens. L'inquiétude était forte. La rentrée scolaire approchait ; nous redoutions des bagarres, des affrontements raciaux. Il y en a eu dans la plupart des lycées, en effet. Pas chez nous. Le proviseur avait confié à Rake la responsabilité de la sécurité. Le coach a fait endosser à tous ses joueurs un maillot vert, celui que nous portons aujourd'hui, et nous a répartis par groupes de deux, un Noir et un Blanc. À l'arrivée des bus transportant les lycéens noirs, nous étions là pour les accueillir. La première chose qu'ils ont vue en arrivant, c'est l'équipe de football, des Blancs et des Noirs ensemble, tout le monde en vert. Deux ou trois agités auraient bien fait du grabuge ; nous les en avons dissuadés. La première cause de friction a été les cheerleaders. Les Blanches avaient répété leurs numéros tout l'été, mais Rake a dit au proviseur que la moitié d'entre elles devaient être noires. Tout se passera bien, a-t-il affirmé. Il avait vu juste. Ensuite, il y a eu la fanfare. Il n'y avait pas assez d'argent pour faire jouer ensemble les deux formations musicales existantes et offrir un uniforme à chacun. Certains devraient rester sur la touche, des Noirs pour la plupart, semblait-il. Rake a fait savoir au club des supporters qu'il avait besoin de vingt mille dollars pour acheter de nouveaux uniformes et qu'ainsi Messina aurait la plus importante fanfare de l'État. Elle l'est encore aujourd'hui. La résistance à l'intégration, cependant, était forte. Bien des Blancs pensaient que les mesures imposées seraient provisoires, que des actions en justice permettraient de revenir à l'ancien système de séparation dans l'égalité. J'affirme haut et fort que l'égalité dans la séparation n'existe pas. De notre côté de la ville, on se posait la question de savoir si les entraîneurs blancs oseraient faire jouer des lycéens noirs. De l'autre côté, on exerçait des pressions pour ne faire jouer que des Blancs. Après trois semaines d'entraînement avec Eddie Rake, nous avons su à quoi nous en tenir. Pour le premier match de la saison, nous étions opposés à North Delta. Ceux-ci ont aligné au coup d'envoi une équipe uniquement composée de Blancs, laissant une quinzaine de Noirs sur le banc. J'en connaissais quelques-uns, je savais que, parmi eux, il y avait de bons joueurs. Rake, lui, a aligné sa meilleure équipe. Un massacre : nous menions quarante et un à zéro à la mi-temps. Au début de la seconde période, North Delta a fait rentrer ses joueurs noirs et, je le reconnais, nous nous sommes un peu relâchés. Avec Rake, ce n'était pas permis. Celui qu'il surprenait à traînasser sur le terrain passait le reste du match sur la touche, avec lui. Quand la nouvelle s'est répandue dans la région que Messina avait aligné ses joueurs noirs dès le coup d'envoi, les autres lycées ont suivi.

Eddie Rake a été le premier Blanc à crier contre moi sans que je trouve cela insupportable. Quand j'ai été convaincu que la couleur de ma peau ne comptait pas pour lui, je me suis senti prêt à le suivre partout. Il détestait l'injustice. Il n'était pas d'ici, il voyait les choses d'une manière différente. Pour lui, aucun être humain n'avait le droit d'en maltraiter un autre ; si Rake apprenait que cette règle avait été enfreinte, il réagissait aussitôt. Malgré sa dureté, il était extrêmement sensible à la souffrance d'autrui. Quand je suis devenu pasteur, Rake est venu dans notre église et a participé à nos programmes d'information auprès des groupes défavorisés. Il ouvrait sa maison aux enfants abandonnés et maltraités. Son poste d'entraîneur ne lui permettait pas de rouler sur l'or mais il était d'une grande générosité avec ceux qui avaient besoin de nourriture, de vêtements ou d'aide pour les frais de scolarité. Il entraînait pendant l'été des équipes de jeunes ; connaissant Rake, il est évident qu'il en profitait pour rechercher des talents en herbe. Il organisait des concours de pêche pour les orphelins, dans la plus grande discrétion.

Le pasteur s'interrompit pour prendre une gorgée d'eau. La foule attendait, suspendue au moindre de ses mouvements.

— Quand Eddie Rake a été limogé, j'ai passé pas mal de temps avec lui. Il était convaincu d'avoir été traité injustement mais, les années passant, il a fini par se résigner. Il ne s'était jamais remis de la mort de Scotty Reardon ; je me réjouis qu'il ait été inhumé ce matin à son côté. Messina va enfin pouvoir oublier cette vieille querelle. Par une étrange ironie du sort, l'homme qui a contribué à faire connaître notre ville, qui a tant fait pour rassembler toute une population est aussi celui qui déchire la ville depuis dix ans. Enterrons la hache de guerre et faisons la paix sur la tombe d'Eddie Rake. Nous sommes unis dans le Christ. Et ici, à Messina, merveilleuse petite ville, nous sommes unis dans le souvenir d'Eddie Rake. Dieu bénisse notre Coach. Dieu vous bénisse.

Le quatuor à cordes entama une ballade mélancolique qui dura une dizaine de minutes.

Le dernier mot devait revenir à Rake. Une dernière fois, le coach allait manipuler un de ses joueurs.

Neely ne pouvait assurément pas, dans ces circonstances, dire du mal de lui. Rake avait présenté des excuses posthumes. Il voulait que Neely les accepte devant toute la ville réunie et y ajoute quelques paroles chaleureuses.

Lorsque, ce matin, il avait reçu un mot de miss Lila le priant de prononcer un éloge funèbre, sa première réaction avait été de lâcher un juron – pourquoi moi ? Parmi les joueurs entraînés par Rake, plusieurs dizaines avaient été plus proches de lui que Neely. Le geste, avait supposé Paul, était le moyen choisi par le coach pour se réconcilier définitivement avec Neely et l'équipe de 87.

Quelle qu'en fût la raison, Neely ne pouvait se défiler. Paul avait été clair : impossible de refuser. Ça ne se faisait pas. Je n'ai jamais parlé en public, avait dit Neely, même devant quelques personnes. Alors, là, dans ce stade bondé... Il préférait encore disparaître, fuir dans la nuit...

Il s'avança entre les deux rangées de joueurs comme s'il avait des boulets aux pieds, le genou encore plus douloureux que d'habitude. Il sauta sans difficulté sur la petite estrade et se plaça devant le micro. Lorsqu'en levant les yeux vers l'assistance, il vit tous les regards qui convergeaient sur lui, il crut qu'il allait se sentir mal. Sur une longueur de près de soixante mètres et sur cinquante rangs de profondeur, la tribune présentait un mur de visages. Des visages tournés vers l'ancien héros de Messina.

Neely s'abandonna sans plus résister à la peur qui l'envahissait. Rempli d'appréhension toute la matinée, il était à présent terrifié. Il déplia lentement une feuille de papier, prit son temps pour déchiffrer les mots écrits de sa main. Évitant de regarder la foule, il s'exhorta à reprendre courage. Tous ces gens ont gardé le souvenir d'un grand quarterback, pas d'une poule mouillée.

— Je suis Neely Crenshaw, parvint-il à articuler avec une assurance qui le surprit lui-même.

Il fixait un point sur la barrière qui courait le long de la piste, juste devant lui, au-dessus des têtes des joueurs et sous le premier rang des gradins. Il allait s'adresser à cet endroit de la barrière sans s'occuper du reste. Il se sentit un peu rassuré en entendant sa voix répercutée par la sono.

— J'ai joué pour Eddie Rake de 1984 à 1987, poursuivit-il.

Tandis qu'il plongeait sur son texte, une leçon de Rake lui revint à l'esprit. « La peur est inévitable et elle n'est pas toujours nocive. Utilisez votre peur, tournez-la à votre avantage. » Pour Rake, cela signifiait évidemment se ruer sur le terrain au sortir des vestiaires et chercher à étendre le premier adversaire croisé sur sa route Peut-être pas un bon conseil, dans ces circonstances

Neely reporta son regard sur la barrière en s'efforçant de sourire.

— Je ne suis ni juge ni pasteur, reprit-il, et je n'ai pas l'habitude de parler en public. Je vous demande un peu d'indulgence.

La foule éperdue d'admiration lui aurait accordé tout ce qu'il demandait.

— C'est en 1989 que j'ai vu Eddie Rake pour la dernière fois, poursuivit-il en tripotant sa feuille de papier. J'avais été opéré quelques jours plus tôt. Il est entré sans bruit dans ma chambre, suivi par une infirmière qui lui a demandé de sortir : les heures de visites étaient terminées. Il a répliqué qu'il partirait quand il serait prêt à partir, pas avant. L'infirmière est sortie, offusquée.

Neely laissa son regard courir sur les visages de quelques joueurs : il vit des sourires. Sa voix était ferme ; il allait s'en sortir.

— Je n'avais pas parlé à Rake depuis la finale de 87. Maintenant, tout le monde sait pourquoi. Ce qui s'est passé ce jour-là était un secret que nous avons soigneusement gardé. Nous ne l'avons pas oublié, c'était impossible, mais nous l'avons gardé. Ce soir-là, dans la chambre d'hôpital, en voyant Rake à mon chevet, j'ai compris qu'il avait une idée derrière la tête. Nous avons commencé par quelques banalités embarrassées, puis il a tiré une chaise près de mon lit et nous sommes passés aux choses sérieuses. Nous avons parlé comme jamais. Nous avons évoqué des matches des années passées, d'anciens joueurs, des tas de souvenirs du football à Messina. Nous avons ri ensemble. Il a voulu avoir des détails sur ma blessure. Quand je lui ai annoncé que les médecins avaient la quasi-certitude que je ne pourrais plus jamais jouer, ses yeux se sont embués de larmes et il est resté un long moment silencieux. Une carrière brisée avant de commencer. Rake m'a demandé ce que je voulais faire; j'avais dix-neuf ans, je n'en savais rien. Il m'a fait promettre de terminer mes études supérieures – une promesse que je n'ai pas tenue. Il s'est enfin décidé à aborder le sujet de la fameuse finale et s'est excusé de son geste. Il m'a demandé de lui pardonner. Encore une promesse que je n'ai pas tenue. Jusqu'à aujourd'hui.

Sans qu'il en ait pris conscience, le regard de Neely s'était détaché de ses notes et de la barrière. Il regardait la foule.

— Quand j'ai recommencé à marcher, je me suis rendu compte que suivre les cours était au-dessus de mes forces. Je m'étais inscrit en fac pour jouer au football; les études ne m'intéressaient plus. J'ai arrêté au bout de deux semestres. Pendant les années qui ont suivi, je n'ai pas fait grand-chose. J'essayais d'oublier Messina, Eddie Rake et mes rêves brisés. Je ne voulais plus entendre parler de football. L'amertume m'a longtemps accompagné. J'avais décidé de ne jamais revenir ici et je faisais de mon mieux pour chasser Eddie Rake de mon esprit. Il y a deux mois, j'ai appris qu'il était très malade, qu'il ne s'en sortirait probablement pas. Je n'avais pas posé le pied sur ce terrain depuis quatorze ans, depuis le jour où le Coach avait retiré mon numéro. Comme tous les anciens joueurs réunis aujourd'hui, je n'ai pu résister à l'envie de revenir à Messina, de revoir le stade où nous avons connu des heures exaltantes. Quels qu'aient été mes sentiments pour Rake, il fallait que je sois là quand il rendrait son dernier soupir. Pour lui faire mes adieux. Et, comme j'aurais dû le faire plus tôt, pour accepter du fond du cœur ses excuses.

Sa voix s'infléchit sur les derniers mots. La main serrée sur le micro, Neely tourna les yeux vers Paul et Silo qui hochaient la tête pour l'encourager à poursuivre.

— Quand on a joué pour Eddie Rake, reprit-il, on le porte en soi à jamais. On entend sa voix, on voit son visage, on quête son sourire d'approbation, on se remémore ses engueulades et ses sermons. Chaque fois qu'on réussit quelque chose, on a envie de partager son plaisir avec lui. De le remercier de nous avoir inculqué que la réussite n'est pas le fait du hasard. À chaque échec, on a envie de s'excuser, car il ne nous a pas appris à échouer. Il n'acceptait pas l'échec. Et on aimerait avoir son avis sur la meilleure manière de le surmonter. Il arrive aussi qu'on ait envie de se libérer de cette présence. De rater quelque chose sans entendre ses reproches, de se laisser aller sans qu'un coup de sifflet retentisse. Mais sa voix nous dit de nous reprendre, de nous fixer un objectif, de travailler plus que les autres, de s'en tenir à l'essentiel, de rechercher la perfection dans l'exécution, d'être confiant et courageux et de ne jamais, au grand jamais, baisser les bras. Nous serons privés de la présence physique de notre Coach mais il vivra encore dans le cœur, dans l'esprit et dans l'âme de tous les garçons qui l'ont connu, qui sont devenus des hommes grâce à lui. Il continuera sans doute de nous pousser, de nous motiver et de nous réconforter jusqu'à la fin de nos jours. Quinze années se sont écoulées et je pense à lui plus souvent que jamais. Il y a une question que je me suis posée maintes et maintes fois et qu'aucun joueur, je le sais, n'a pu éviter de se poser. Cette question est : Est-ce que j'éprouve pour Eddie Rake de l'amour ou de la haine ?

La voix de Neely commença à trembler, à perdre de sa fermeté. Il ferma les yeux, serra les dents, puisant en lui la force d'aller jusqu'au bout. Il s'essuya le visage.

— La réponse à cette question, reprit-il d'une voix lente, changeait tous les jours. Eddie Rake n'était pas un homme facile à aimer et on n'a guère d'affection pour lui quand on joue dans son équipe. Mais après être parti d'ici, après avoir affronté l'adversité, éprouvé des revers, été soûlé de coups par la vie, on comprend l'importance de la place qu'il tient en nous. Sa voix nous manque. Oui, quand on est loin d'Eddie Rake, il nous manque.

C'en était trop pour Neely. Arrête ou tu vas te mettre dans une situation embarrassante, se dit-il. Il jeta un coup d'œil en direction de Silo qui, le poing fermé, semblait lui dire : « Finis-en et vite ! »

— J'ai aimé cinq personnes dans ma vie, reprit Neely en affrontant courageusement les regards.

La voix lui manquait. Il serra les dents, résolu à terminer.

— Mes parents, une jeune fille qui est ici aujourd'hui, mon ex-femme et Eddie Rake.

Il s'interrompit de nouveau, incapable de poursuivre.

— C'est tout. Je retourne m'asseoir.

Le père McCabe donna la bénédiction et invita l'assistance à se retirer, mais la foule ne bougeait guère. La population de Messina n'était pas encore prête à prendre définitivement congé de son Coach Elle regardait les joueurs se lever pour entourer miss Lila et les siens.

Tandis que le chœur entonnait un negro spiritual, quelques spectateurs se dirigèrent vers la sortie. Les joueurs restaient. Chacun d'entre eux voulait dire un mot à Jesse Trapp, comme si cela pouvait retarder son retour inévitable en prison. Au bout d'une heure, Rabbit mit la tondeuse en marche et s'attaqua à l'en-but sud. Il y avait bientôt un match ; on n'était plus qu'à cinq heures du coup d'envoi contre Hermantown. Quand miss Lila et sa famille s'éloignèrent de la tente, les joueurs les suivirent lentement. Des ouvriers arrivèrent pour démonter la tente, retirer la bâche et emporter les chaises pliantes. Les bancs de touche furent soigneusement alignés. Les volontaires chargés d'entretenir la peinture du terrain commencèrent à s'affairer ; ils étaient en retard. Ils avaient de la dévotion pour Rake mais il fallait refaire les lignes et retoucher le logo, au centre de la pelouse. Les cheerleaders arrivèrent à leur tour et entreprirent avec frénésie de fixer des banderoles peintes à la main sur la barrière ceinturant la piste. Elles enroulèrent des centaines de ballons autour des poteaux de but. Pour elles, Rake n'était qu'un personnage légendaire ; elles avaient des choses bien plus importantes à faire.

Au loin, sur un terrain d'entraînement, les musiciens de la fanfare accordaient leurs instruments.

Le football redevenait roi ; l'heure du match du vendredi soir approchait.

Devant la grille, les joueurs se séparèrent avec force étreintes et poignées de main en se promettant, comme il se doit, de se voir plus souvent. Certains prirent des photos des survivants de leur ancienne équipe. Après un dernier regard empreint de tristesse au terrain où ils s'étaient illustrés sous la férule du grand Eddie Rake, ils se décidèrent enfin à partir.

L'équipe de 87 se retrouva dans la maison de campagne de Silo, à quelques kilomètres de Messina. C'était un vieux pavillon de chasse dans les bois, en bordure d'un petit lac. Silo avait fait des travaux : il y avait une piscine, trois terrasses pour se prélasser au soleil, une jetée refaite à neuf qui s'avançait d'une quinzaine de mètres dans l'eau et donnait accès à un petit abri à bateaux. Deux de ses employés, certainement des voleurs de voitures patentés, faisaient griller des steaks sur une des terrasses. Nat Sawyer avait apporté un coffret de cigares de contrebande. Il y avait deux tonnelets de bière au frais.

Au bout de la jetée, Silo, Neely et Paul, confortablement installés dans des chaises longues, échangeaient des insultes, racontaient des blagues, parlaient de tout sauf de football. On se jeta sur la bière. Les blagues devinrent plus salaces, les rires plus bruyants. Vers dix-huit heures, on leur servit les grillades.

Ils s'étaient proposé d'assister au match des Spartiates mais, le soir venu, personne ne songea à donner le signal du départ. À l'heure du coup d'envoi, ils étaient pour la plupart incapables de conduire. Silo était carrément ivre; une terrible gueule de bois s'annonçait.

Neely s'était contenté d'une seule bière. Il était las de Messina et de ses souvenirs. Il était temps pour lui de repartir, de retrouver la vraie vie. Quand il annonça qu'il se retirait, on l'implora de rester. Silo faillit pleurer en le serrant dans ses bras. Neely promit qu'il reviendrait dans un an, jour pour jour, célébrer le premier anniversaire de la mort de Rake.

Il raccompagna Paul, le laissa devant chez lui.

— Tu parlais sérieusement en disant que tu reviendrais dans un an? demanda Paul.

— Oui. Je serai là.

— Promis?

— Promis.

— Tu ne tiens pas tes promesses.

— Celle-là, je la tiendrai.

En passant devant le domicile des Lane, Neely ne vit pas la voiture de location. Cameron devait être repartie, à des millions de kilomètres de Messina. Peut-être penserait-elle une ou deux fois à lui dans les jours qui venaient, mais cela ne durerait pas.

Il passa devant la maison où il avait vécu dix ans, longea le parc où il avait joué au base-ball et au football quand il était petit. Les rues étaient désertes : tout le monde était au stade.

Arrivé au cimetière, il attendit qu'un ex-Spartiate aux cheveux grisonnants ait fini de se recueillir. Quand la silhouette se redressa et s'éloigna, Neely s'avança silencieusement dans l'obscurité. Il s'accroupit près de la pierre tombale de Scotty Reardon et posa la main sur la terre fraîchement retournée de la sépulture d'Eddie Rake. Il dit une prière, versa une larme, passa un long moment à faire ses adieux au Coach.

Il fit ensuite le tour de la grand-place vide, suivit les petites rues qui conduisaient à la route empierrée de Karr's Hill. Il se gara sur le bas-côté, s'assit sur le capot de sa voiture et passa une heure à regarder de loin la rencontre en écoutant la rumeur de la foule. Vers la fin du troisième quart-temps, il se remit au volant.

Le passé avait enfin disparu. Il était parti en même temps que Rake. Neely était las des rêves brisés. Oublie tout ça, se dit-il. Tu ne seras plus jamais le héros que tu as été. Ce temps est révolu.

Sur la route du retour, il se jura de revenir plus souvent. Il n'avait pas d'autre patrie que Messina ; il y avait passé les meilleures années de sa vie. Il reviendrait pour assister aux matches des Spartiates, le vendredi soir, à côté de Paul, de Mona et de leur marmaille, il ferait la fête avec Silo et Hubcap, il déjeunerait chez Renfrow et irait prendre le café dans la librairie de Nat.

Quand quelqu'un prononcerait le nom d'Eddie Rake, il sourirait, il rirait peut-être et raconterait une histoire. Une histoire à lui, qui se terminerait bien.

Au diable les traditions

Pas de Noël cette année
John Grisham

Luther et Nora sont déterminés à ne pas fêter Noël. À quoi bon célébrer l'évènement puisqu'ils seront en tête-à-tête, leur fille unique étant allée travailler au Pérou ? Ils décident alors de partir en croisière aux Caraïbes… Les préparatifs du voyage vont bon train ; mais c'est compter sans l'opinion des voisins qui ne l'entendent pas de cette oreille et ne tardent pas à organiser la résistance, transformant ce doux rêve en terrible cauchemar…

(Pocket n° 12016)

Il y a toujours un Pocket à découvrir

Le coton de la colère

La dernière récolte
John Grisham

Luke Chandler a sept ans et se prépare à la cueillette du coton. Avec son oncle, l'exploitant du champ, il attend les saisonniers. Parmi eux, des Mexicains. Les journées harassantes s'enchaînent. Les tensions montent et Luke est témoin d'un meurtre. C'était dans les années cinquante, en Arkansas. Luke se souviendra toujours du goût de la sueur et du sang…

(Pocket n° 11909)

Il y a toujours un Pocket à découvrir

Complot au gouvernement

L'affaire Pélican
John Grisham

Abe Rosenberg et Glenn Jensen, les deux plus haut magistrats de la Cour suprême de justice des États-Unis, viennent d'être assassinés à quelques heures d'intervalle. Ni le FBI, ni la CIA ne disposent du moindre indice permettant d'éclairer cette affaire, que manifestement le gouvernement cherche à étouffer. Pendant ce temps, Darby Shaw, une brillante étudiante en droit, rend un rapport, dans lequel elle dénonce une machination mettant en cause de nombreuses personnalités. Sans le savoir, elle est parvenue à établir un lien entre les deux meurtres...

(Pocket n° 4335)

Il y a toujours un Pocket à découvrir

Faites de nouvelles découvertes sur **www.pocket.fr**

- Des 1ers chapitres à télécharger
- Les dernières parutions
- Toute l'actualité des auteurs
- Des jeux-concours

POCKET

Il y a toujours un **Pocket** à découvrir

*Cet ouvrage reproduit par procédé photomécanique
a été achevé d'imprimer sur les presses de*

BUSSIÈRE
GROUPE CPI

*à Saint-Amand-Montrond (Cher)
en octobre 2007*

POCKET - 12, avenue d'Italie - 75627 Paris Cedex 13

— N° d'imp. : 71182. —
Dépôt légal : novembre 2007.

Imprimé en France